一度、死んでみましたが

神足裕司●著
by kotari yuji

一度、死んでみましたが

まえがきにかえて

パパがお家に帰ってきた

その日、夕飯も食べ終わって私は、食卓でボーっとテレビを観ていました。

すると、バタバタものすごい勢いで、娘の文子《あやこ》が2階から降りてきたのです。

「ママ！　パパが倒れたって。意識不明だって。病院から電話‼」

文子の携帯に、緊急の電話がかかってきたのです。

「病院までどのぐらいでこれますか？」「一刻を争います」

「落ち着いていらしてくださいね」とも言われたのですが、電話口からはかなり緊迫していることが伝わってきました。

とにかく、急がなくては……。

2011年9月3日。19時15分広島空港発のANA686便、羽田空港に到着間際に異変は起きたようです。夫・神足裕司は着陸を待っていてくれた救急車で、東邦大学医療センター大森病院に搬送されました。

「くも膜下出血、重篤なグレードVで意識は混濁。至急、手術します」

外出先から駆けつけた息子の祐太郎、文子、私の母。

それに何をどうしたらよいかわからないと思って電話で呼び出した友人の家族が待合室にいました。

けれど、待っても待っても、倒れたパパと会えません。

どんな状態かも、よくわからず待っていました。

シーンとした待合室で突然、思い出したことがありました。

〈そういえば、パパが『もし何かあったら、この人に電話して』って珍しく、私の携帯にこの電話番号を登録させたんだよね。

いま、まさしくそのときだよね？〉

私はパパの友だちの脳外科医の先生に電話をするように、息子に頼みました。

すると、東京にいることも奇跡的なような忙しい先生は、電話するとすぐに駆けつけてくれたのです。そして、先生は手術を受けている病院の担当医師とも懇意にしているようで、話がスムーズに伝わりました。

一つ目の奇跡です。

次の日には、兄や広島から妹も駆けつけました。

脳動脈瘤は2か所あり、破裂した1か所は何とか処理。

もう1か所はギリギリでクリップがかかった状態で、いつ破裂してもおかしくないと言われました。

「会わせたい人がいたら、呼んだほうがいい」

「もう目を覚まさない可能性のほうが高いでしょう」

1回目の手術後、もう1か所の脳動脈瘤も違う方法の緊急手術を受けました。

再出血の心配はなくなったそうですが、2回目の手術の後に脳圧が上がってしまったため、翌日には頭蓋骨を外す手術も受けました。

ずっと、夢のなかにいるようでした。

こんなにもあっけなく、大切な家族がいなくなってしまうものなのか？

何も考えられなくなってしまっていました。

それでも毎日、「原稿の締め切りに間に合わないって、連絡は入れた？」「明日のラジオの収録、行けないって、誰か電話した？」「講演会があるっていってたよね？」……事務処理が山盛り、待っていました。

家族はパパの仕事のことをほとんど知らなかったので、てんやわんや。

現実として、死んでしまうかもしれない大事な人のことだけを思って過ごすわけにもいきません。パパの友人、飲み友達、
いろいろな方が総動員で急場をしのぐことができました。

長い長い眠ったままのパパの顔をみて不思議と大丈夫という確信があったのです、目を開けるという。

その後、パパは生死の境目を脱しましたが、大量出血してダメージを受けた脳を休ませるために麻酔で眠らせる処置が取られました。

「麻酔が切れても、このまま目覚めないかもしれない」

「目覚めたとしても、ご家族のことは覚えていないかもしれない」

次から次に、つらい言葉が医師から告げられました。

けれど、パパは目覚めたのです。

そして、「文子はどこ?」と聞くと、文子を指さしました。

家族のことも、覚えていたのです。

家族は狂喜しました。

本当に、嬉しかった。

11月末に急性期の東邦医療センター大森病院から、
新横浜リハビリテーション病院に転院。翌2012年4月末に高次脳機能障害と診断されて、東京慈恵会医科大学附属第三病院のリハビリ科にさらに転院しました。

入院中には自分の状態に気付き始めて、鬱のようになったり、やる気が起きなかったり、一向によくならない身体にジレンマを強く感じたり……。

でも、よくなることを信じて、「はやくお家に帰ろうね」を目指して、やってきました。自宅に帰ることは家族の負担が大きすぎるから、療養型の施設に入れた方がよいのではないかという大半の良識ある方々からのアドバイスを振り切り、私たち家族は、家に帰したいと願うばかりでした。

またまた大丈夫！と、何も根拠のない無謀なものでした。

そして、２１１２年９月１日。ようやく、ようやく、パパはお家に戻ることができました。

要介護度はもっとも重い５。左半身に麻痺が残り、歩くこと、寝返りも、話すことも、自分で満足に食事をとったりもできませんでした。

最初のうちは「何が食べたいの？」と聞いても、何も答えてくれませんでした。

でも、やがて「お肉を食べたいの？」と聞くと、うなずいてくれるようになりました。

そして、「うん」と声を出して返事をしてくれるようになり、最近では「何を食べたいの？」と聞くと、20回に一回ぐらい調子がよいと「肉！」と答えてくれるようになってきています。

まさに薄紙を剝《は》ぐように、昨日までできなかったことが、
次の日はできるようになっていることもあるのです。
「やっぱり、ボクには書くことしかできない」――そんなパパは
退院してからすぐ、ラジオ番組で手紙を書く仕事をいただいたり、
この本を書かないかとおっしゃってくださったり、
昔からの仕事仲間の方々からいろいろ声をかけていただいています。
最初はまだ5～6行の文章しか書けなかったし、
意味もよくわからない文章だったりもしました。
でも、この約１年で、文章も少しずつ変わってきました。
いまだに「あれ？　パパはどこにいってしまった？」という文章を
書いていることもあるけれど、文章からも確実に治ってきていると
日々、感じます。まだまだできないことのほうが多いですがあの日、
どうかパパを私たちのところに戻してくださいと、
神様にお願いしていたときに比べたら本当にすごいことだと思います。
あのとき、こんなことを感じたり、思ったり、

考えたりしていたのか……。読み返してみると、いまも驚いたり、気づいたりすることが、たくさんあります。

何より書くことは最大のリハビリにもなっていると思うのです。

パパは倒れる前と同じように、テレビやラジオ番組、映画に出演することはできないかもしれません。ただ、もしかしたら……。まだまだ、望みは失ったわけではありません。

手術をはじめ一つひとつの分岐点で、治ると信じて選択していなかったら……。

あのとき、家に帰る選択をしていなかったら……。

パパはこの本は書いていなかっただろう、と振り返るのです。

そしてもうひとつ。多くの友人や仲間がいてくれて、病気と立ち向かうときにも、仕事にも、家族にも、手を差しのべてくれたことです。

この2つがなければ、いまのパパの奇跡はないと思うのです。

2013年12月　神足明子

目次

第2章

リハビリの日常

第3章　過去からの呼び声

第4章 コータリさんからの手紙

装幀・本文デザイン◎中城裕志
カバー&章扉・イラストレーション◎西原理恵子
写真◎石川 徹・神足祐太郎
編集協力◎羽柴重文（株式会社ＢＩＯＳ）
校正◎林 克裕

第1章

生きているということ

その日のこと

その日は、少し疲れていた。

毎度のハードスケジュールではあったけど、神戸や広島での仕事をこなして、いつものように広島空港に向かった。

お好みを食べようか、と思った。いや、食べたのかもしれない。


台風が近づいているので、揺れるかもしれないなと思いながら、搭乗した。

すべてが映画のワンシーンのように、いや、マンガの一コマ一コマのように感じられる。

一コマ一コマが止まっているような、そんな感じ。

思考も、一コマずつ止まっている。

待合室でのボク、売店の前を歩いているボク、搭乗するときのボク。

飛行機のなかで、頭痛がしてきた。気分が悪くなって戻して、横になるボク。

すべてが細切れで、スローモーションのように止まっている。

頭が痛い、気持ちが悪い。これは、ただごとではない……。


ボクは、あたたかな、気持ちのよい、やわらかな場所で、仕事をしていた。

気分はよかった。仕事は忙しく、次はあれをやらなければと、こなしていた。

たまに、奥さんの明子が呼んでいる。息子の祐太郎や娘の文子の声も、聞こえる。

はやく仕事を終わらせて、明子や祐太郎、文子のところへ帰らなければと思うのだが、そのあたたかな場所から、なかなか動くことはできなかった。

あともうちょっと、と仕事を続けていた。

忙しかったのだ。気分は上々。仕事もはかどっていた。

明子が呼んだ。

どちらに振り向こうかと考えていると、そのときからボクの身体は動かなくなった。

天井に何か丸《まある》い機械が見えた。

痛い？

喉がつらい？

動かない。

涙が一筋、出た。

もう、寝ることにしよう。

現実の世界に蓋《ふた》をして、もう眠ることにしよう。

そう思って、ボクはまた、眠りについた。

死の淵について

死の淵《ふち》というのを見たことがあるかと言うが、ボクはそこに行ったはずだが、見なかった。

けれど、音楽や人の声は聞こえていたような気がする。

ボクを呼ぶ声や娘と息子がくだらない話をしている声、奥さんが素っ頓狂な話をしている様子。うたた寝でもしているときのように、ずっと聞いていた。

眠っては、いなかった。

ずっと、起きていた。

あるときはボクがもうダメかもしれないと話していたし、誰かが大声でボクを見て、泣いていた。けれど、それもすべて忘れてしまっていく。

もっと鮮明に覚えていたはずだ。

どんどん忘れていく。

なので、もしかしたら死の淵のことも、もう忘れてしまったのかもしれない。

本当は覚えていたのに、怖いことは人は忘れるようにできているのだ。

死の入り口

忘れていたが、思い出したことがある。

また忘れるので、書いておく。

たぶん、意識がないときのことだと思う。

ボクはのんびりとした毎日を過ごしていた。

あたたかい、やわらかい空間で、取材をしたり、原稿を書いていたりしていたのだ。

「そうだ、家に帰らないといけない」

「心配しているかもしれない」

そう思っていると、遠くから息子や娘の声が聞こえてくる。

「そろそろ帰ろう」

そう思っていたが、何度も原稿の締め切りがあって、たくさん原稿を書いていた。

そして、もう一回書かないと、とゆっくり書いていた。

死の入り口の人間は痛みもない、あのあたたかい、やわらかい空間にいるのだと思う。

死の入り口は、痛くも怖くもないのだ。

脳との勝負

この前、奥さんの知人が家に遊びに来て言った。

「文章がやさしくなったね」と。

妹も、こう話していた。

「お兄ちゃんは昔からよくわからない文章を書いていたけど、最近はわたしに近づいてくれた」

ショックだった。

よく人格が変わると聞くが、そうなのか？

まず変わったのは、書くのがゆっくりになったこと。

書くのが短時間しかもたないこと。30分書いたら、やめる。そして、また書く。

書いたことは忘れているので、読んでから続ける。読んでわけがわからないことを書いていることもある。だが、そのままますらすら書けることもある。

むずかしいことが書けなくなっているとしたら、ショックだ。

いわば、いま書いているこの文章も、スピードとの勝負だ。

脳との勝負。

自分が書くことを忘れないうちに、書き留めておこう。

ところで、何を書こうか？

ボクの時間は止まったままだ

このところ、書く意欲が湧かない。奥さんが原稿用紙をボンっと置くが、３行も続かない。

それは、前のボクに戻ってきたのだと思うが……。

ベッドの前に大きな本棚がある。

そこには、気を利かせてくれているのか、倒れる直前の本が並べてある。

そこから、ボクの時間が止まってしまったのである。

いまが何日で、震災から何日経っているのかも、わからない。

ボクの時代は、ベッドの前にある本の時代で止まっている。そこに、2人の女性（女性といっても一緒にいたときは、女性としてあまり意識していなかった）。

2人の女性が、自分の新刊を送ってくれる。

小島慶子とサイバラ。

サイバラの本は出せば売れると思っている編集者が、突貫仕事でつくったと思われる雑な造りの本も少なくない。けれど、おもしろい。編集者としての自分はこんな本造りでは、と思ってしまうが、売れる。おもしろいので、ＯＫなのだ。

サイバラのめちゃくちゃは自分のめちゃくちゃと違う。

近いところもあったけれど、一生あんなんでいてほしいという戦友のようなヤツだ。

小島慶子は、本を書くのが好きらしい。もっと暴露したら、おもしろいのに……。

小島慶子の爆弾は、おもしろいと思う。

この2人から本が送られてくるたびに、表紙をこちら側にして本棚に並べられる。

ああ自分の窓はこんなに狭いのか、と情けなくなるのだが、2人が活躍している間は、まだ時代もそう変わっていないんじゃないかと、安心したりする。

忘れていた

思い出したことがあった。

眠っているとき、白い服を着た白い鳥のようなものがボクの頭の上あたりをぐるぐる回って飛んでいる。ボクは仕事で忙しかったので、その白いものを見て見ぬ振りをして、仕事を続けていた。忙しい、忙しいと、締め切りに間に合いそうもないと、原稿を一生懸命書いている。

気分は良好。そこで、娘の叫び声がする。

「パパ！」

ああ、ボクは娘のところへ行かなくてはとふと顔を上げると、白いそれは消えてなくなった。

喉が渇いていた。そうだ、これは喉が渇きすぎたからだ。

だが、ボクは何を知らせたいのか、わからなかった。

「パパ、お茶飲む？」

そう娘に聞かれて、喉が渇いたのをはじめて思い出した。本当に喉はからからで、お茶をごくごく飲んだ。もっと、もっと、飲みたい……。

だが、ボクは喉が渇いていたのを、忘れていた。

普通の自分に戻りたい

雑誌の取材がきた。

横で奥さんが話しているが、自分のこととは思えない。

倒れたときのこと、意識不明のときのこと、リハビリ病院に入院中のこと。

みんな自分のことではないように、どこか遠くで起きていることのように聞いている。

慈恵医大第三病院なんて病院に入院していたのか……。

それも覚えていなかったが、「そこに橋本先生という若い先生がいて」と聞くと、「ああ、橋本弦太郎先生ね」と橋本先生のことはよく覚えていたりするのだ。

顔も思い出せるし、何となく声すら思い出す。それなのに、入院生活のことは覚えていない。

でも、「吉田先生にリハビリしてもらっていたでしょ」と言われると、確かに吉田啓晃君という元気なリハビリの先生のメガネを思い出したりする。

人間の記憶というのは、不思議なものだ。

小さなパーツがジグソーパズルみたいになっていて、小さなパーツの記憶の隣のパーツを見つけられれば、はめこんで、つながっていく。

小さな小さなパーツだけ脳の中心にポツンとあるような、そんな感じである。

幼い頃のパーツや子どものことなんかは、パーツ同士がつながるのだが、一番苦手なのは、今日の朝のことや昨日のことだ。薬を飲んだのを忘れてしまうが、テーブルの上の飲み終えた薬の袋のパーツが突然、よみがえる。そういえば、飲んだのかも……。

そんなパーツを見つけられれば、普通の自分に戻れるのかもしれない。

面倒なだけだ

どうやらボクは人格が変わったみたいだ。

よく、温厚になったと言われるらしい。

らしいというのは、家族が「お父さんの書く文章がやさしくなった」とか、「人が円《まる》くなった」とか言われたことを話していたからだ。自分ではよくわからない。

言えることは、いろいろ面倒だから、話さない、言わない、動かないのだ。

身体が動かないというのはこれほどまでに面倒なものとは、普通の人にはわからないだろう。当たり前だけどね。

このまま眠り続けられればどんなにいいだろうと、真っ黒な天井を見上げて思うのだ。けれど、横でいびきをかいて眠っている奥さんの気配を感じると、ひとり笑いがこみあげてくる。まあ、頑張ってみようかという気持ちにもなる。

朝の息子の顔、夜帰ってくる娘の顔、顔を出してくれる友人と広島みやげ——そんなのが、少し頑張ってもいいかという栄養剤だ。

しかも、笑いが込み上げてくる。人格は変わってないぞ。面倒なだけだ。

逢いたい人がいる

逢《あ》いたい人がいる。倒れた自分が逢いに行けない人。

逢いにきてくれても、話せないので、逢いたくなる。

逢えなくなって、向こうはどう思っているのだろうかと考える。

よく酒を飲んだり、くだらない計画をしたり、たわいもないことばかりだったような気もするが、自分が存在しなくても、そこには普通に時が流れているのだろうか？

自分がいなくなった空間は、いないまま空いているのか？

誰かがそこに座っているのか？

その人にとっては、何でもなく過ぎていっているのか？

心のなかで待っているのは、自分だけなのかなあ？とさびしい気持ちになる。

大切だと思っていた人が、何でもなく過ごしているとしたら、さびしいか？

いや、何でもなく過ごしていてほしい。やっぱり……。

また逢ったときは、この前逢ったときから、そんなに時間を感じさせないはずだからね。

考えると、身体は動かない

脚が動かないというのがどんな感じかというと、夢のなかで一生懸命、声を限りに叫んでいるのに、近くにいるにもかかわらず、声が届かない。

誰も気づいてくれない。そんな感じか……。

そこにあって、届かない感じだ。

昔、歩いていたのだから、歩く感覚はわかっているはずだ。

しかし、だ。

歩こうと思うと、歩くという指令は逆に脚に届かない。

食べようと思って左手を口に持っていこうと考えると、手は動かなくなる。

話そうと思うと、話せなくなる。自分が考えてやろうと思うと、動きは止まる。

やはり、脳の指令はうまく末端に届かなくなってしまっている。

逆に、考えずに自然に出てしまったようなときは、声も出るし、脚も動く。

考えないというのは、むずかしいものだ。

人は知らず知らずに考えることと動かすことの2つの動作を行っているが、それにずれが生じると、しようとしていることは何もできなくなる。

できの悪いロボットのようなものだ。

しかも、動かそうとしている途中で、違う指令が出ると、もうパニックになる。

ショートだ。

脳はショートする。

だから、何かやろうとしているときは、話しかけないでね。

夢ではうまくいく

「明日、原稿を書いて持ってきてくれる？」

「ハッ、そうですか」

「じゃ、よろしく」

話の成り行きがそうなって、部外者の誰かはきょとんとしている。

編集者の前を歩いて、何の傷も負わない。

それが、私の人生のはずだったが……。

いつものように、口は止まらない。

だが、プレゼンでは演技は続かない。

ではない……夢でも見たか⁉

そんなわけないか。自分で書かなきゃな。

だろうな。そうそう、うまくいくわけがない。

いつも朝起きたら、脚が動くようになっていないかなとか、原稿が書けていないかなとか思うが、そんなわけはない。

小学生がテストの前に、学校が爆破されないか想像しているのと同じだ。

「動かない脚よ！　動け！」と念じていれば、いつか動くと思う。

それにしても、リハビリ施設の中村君は美男子だ。

「神足さん、さあ歩きましょう」

そう言われると、その気になる。美男子というのはトクだ。

スピードに憧れている

バスに乗る夢を見た。スイスイ走っている窓から見ていると、知った顔が歩いている。

「ああ、ヤツも行くのか」と思い、バスのほうが速いのにと考える。

次の日は、自転車で走っている夢を見た。

息子の祐太郎と自転車の話をしたからかもしれない。

猛烈な勢いで坂を下っていく。

風を切って。

自分はこんなに速いのだ、と。

ボクはどうやらスピードに憧れているようだ。

曲がった脚

脚が曲がっている。

最近のことのような気もするし、前からのことのような気もする。

自分で伸ばそうとしても伸びない脚は、自分のものでないようだ。

自分の身体に付いているが、「物」である。

その曲がった脚がアルミ製の何かの部品に見える。

腰から伸びているその部品は、まだデモ機で、それでも運よく試しで使うことを許された。

けれど、試作機なので動きが悪い。

途中で止まってしまうし、どこかに引っかかって不具合だ。

戻ってきてしまって、そこから動かないこともしばしばある。

動かなくなると、そのデモ機を付けていることがイヤになる。

いっそないほうがラクかもしれないと思うが、自分に与えられた大切なデモ機だ。

何とか動くようにメンテナンスしていくしかない。

ますます動かなくなってしまうことを、恐れてはいけない。

目覚めた朝、足が真っ直ぐになっていないかと思い、眠りにつく。

夢のなかの日常

砂糖もある程度とらないと、エネルギーにならないようだ。

さっきから、1~2粒をコーヒーに混ぜていて、物足りないので、もう少し足そうとしているのだが、あともう一歩で指が届かない。

ダメだ。そこでダメだと、やめてしまう。

考え続けるには、砂糖がもう20粒くらい必要だ。

というのが、いまのボクだ。

そんな感じで、身体は動かない。

一か所に留《とど》まって、１㎞、２㎞と走り続ける機械トレーニングはどうだろう？

いい大人がどんな顔で、老人や中学生坊主のような真似をするんだと責められたら、自信を喪失する——とまでいいがたいけど、ごまかしでも、でまかせでもなくはない。

リハビリのトレーニングの上では、これまでもずいぶん自分をごまかしてきたものだ。

アメリカ大統領に会いに行くというシミュレーションで歩く練習をしたが、自分が体長５ｍほどの爬虫類《はちゅうるい》になって、ニューヨーク市内を駆け回る感じで、道のりは遠い。

想像しただけではなく、夢のなかでやってみた。

すると、本当のことか、夢かがわからなくなってしまった。

いつも夢か本当にあったことか、わからないんだけどね。

自分が怖い

大きな声では言えないが、ときどき頭がものすごくしゃんとすることがある。

いまも、そういうときかもしれない。

いままで何もなかったかのように、昔もいまも、そして次の瞬間もクリアだ。

そんなとき、「よくわかってらっしゃるから」なんて馬鹿にしているようなことを言われると、「この人は何を言っているのだ。失敬な」と思う。

けれど、奥さんから聞くと、ボクはそうでないときもあるようなので、まだらボケならぬ、まだら記憶喪失のようだ。よくわかっていないときのボクは、ボクにはわからないから、どんなふうにヘンなのかもわからない。この前書いた原稿がよくわからない内容のことなんてことがあるので、こんな感じかな……と想像するしかない。

昨日のことを覚えているボクは、ボクにとって、珍しいことのようだ。

自分が自分で、怖くなる。何を言っているか、わからないんだからね。

そう書いているボクの横で、奥さんが言う。

「酔っ払ってても同じだったでしょ。怖くないよ！」

昔のボクと、何にも変わらないのか……。そりゃ、そうだな。

迎えにはきてくれない

熱が出た。熱が出て眠っていると、夢を見る。

ふわふわ身体も浮いて、自分がどこかに行こうとしているのか？

どこかに行ってしまうのか？

常に生と死の間をふらふらしているように思える。

このままラクになれたらいいのにと思ったりすると、とたんに身体が重くなって、現実の世界に戻される。

そう簡単には、迎えにはきてくれないようだ。

まだ、こちらの世の中でやることがあるようだな、どうやら。

また、考える

今週は、あまり記憶がない。熱を出していたせいかもしれない。

身体の具合が悪いと、あまり覚えていない。今日が何曜日かも覚えていない。

ご飯の食べ方も、薬の飲み方も忘れた。

文章も書けない。

どうしても、思い出せないこともある。

とても親しかったはずの人なのだが、どんな話をしたのか？

何をしようとしていたのか？

内緒のことだったのか？

顔を見ると、何かをしなくてはいけない、何かを言わなければならないと、ここまで思い出しているんだけど……。何もなかったのかもしれない。

だけど、何かしなくてはいけないことだったのかもしれない。

会うたびに思うけど、思い出せないでいる。

思い出せないことを考えているのも、そのうち忘れるから、また一から考え直しだ。

そうして、また、考える。

幸せの在り処

ボクの先はない。

先には、何も見えない。

暗闇だけだ。

小さな明かりが見えるとしたら、子どもの成長と妻の笑顔と友人たちの顔。

そんなふうに書くと、ずいぶんよい人間になったものだと勘違いされるかもしれないが、それがあれば十分だということだ。

生活するだけのお金と住み家、それとその3つがあれば、十分だ。

自分のなかで削りに削った大切なものは、それだけということになる。

台所のざるにあり金を全部入れて、テーブルに上に置こう。

そうして、家族でそれを大切に使うのだ。

そんな生活でも、幸せなのだ。

ボクの人生は家族が決める

日本のグループホームというのは、２０００年に介護保険制度が導入されたとき、介護サービス給付が利用できるようになり、広まっていった。その頃から、さまざまな業者が参入して、施設が増えていった。でも、それでも、高齢化社会が進むなか、施設の数は足りないだろう。

施設が足りなければ、自宅でケアする人間も増える。

家族で何とかしなければならない。それは、老人だけでなく、ボクのように身体が不自由な人間でも同じことだ。家族は悩む。

それに地元に施設は足りないから、家から遠い不便な場所の施設になるかもしれない。

ボクの場合も、そうだったようだ。ようだというのは、ボクは覚えていないからだ。

身体の動かない寝たきりのボクは、もうよくなる見込みもないのだから、養護施設に入れたほうがいいと言われたらしい。家族は自宅に帰すので、「もっとリハビリを！」と希望して、あきれられたと聞いた。もしそのとき、施設に入っていたら、どうなっていたかと考える。

きっと、このように原稿を書くことはなかっただろう。

これは、やはり家族次第の選択。ボクの人生は家族が決める。

老人もそうだ。老人の残り少ない人生の〝明暗〟は、家族が決める。

施設に入ったほうが、〝明〟のこともあるのだけれど……。

痛いのはかなわない

いま書いているこの本の途中までのゲラが、あがってきた。自分で書いていて何だが、はじめの頃に書いていた文章はちょっと意味が通じないようなものもある。退院して原稿を書き始めて1年になるが、自分では見えないが、少しはよくなっているのだろうか？

文章は少しは変化しているように思える。最近、変わったことといえば、頭が痛い，尻が痛い、腰が痛い、脚が痛い。痛いことが、増えたことだ。

いままで痛くなかったのかといえば、そうではないような気がする。だが、痛いということがわかってきたのかもしれない。

これは、つらいことだ。

夜中に目を覚ますと、脚が痛い。けれど、動けない。「痛い」と言えない。よくわからないうちに、また眠る。目が覚めたら、また痛い。それの繰り返しだ。

痛いのはかなわない。

どうにかしてほしい。

奥さんが「こうするのがいい？」「こっち？」なんていろいろ試してみてくれて、身体を動かしてくれる。まずまずのところで、落ち着く。

どうにか、自分でできないものだろうか？

自分らしく生きたい

自分らしく生きるというのは、ずいぶんむずかしいことだ。

健常な人間が、考えてほしい。

もし自分が老いたら、もし自分が片手がなくなったら……。

もし自分が片足がなくなったら、もし自分が目が見えなくなったら……。

やはり、いままでの生活と、どこかが変わってしまうだろう。それでも自分らしく生きるということは、何かハンディを持った人間にとっては、してはいけないように思われがちだ。

車椅子で旅行に行きたい。脚が動かないけれど、プールに入りたい。

そんなだいそれたものではなくても、本屋に行って本を買いたいとか、スーパーで食材を買いたいとか、いままで行っていた床屋に行って、髪を切りたいとか……。

そんなことでさえ、何もできなくなってしまうのは、おかしいだろう。

もし、そうしたいと思ったら、奥さんに迷惑をかけて、周りに手伝ってもらって、友だちにも無理を言わないといけない。

それが傲慢《ごうまん》だと思われはしないかとか、嫌がられないかとか、いろいろ考える。

それで、自分が小さくなっていく。

小さい、小さい人間になっていく。

自分らしく生きてはいけないのだろうか？

強くなりたい

男は強くなくてはならない。

ボクは幼い頃から妹や母さんを守らなくてはいけないと思っていたから、そう思ってきた。

結婚して家族ができたら、なおさら強くなりたいと思っていた。

「オレがいれば大丈夫だ」

そう言わなくても、みんなそう思って、ついてきてくれたと思っている。

ついてきたというか、一緒に歩いたというのが、正しいかもしれない。

そんな自分が墜落したら、家族はどうすればいいのだろうか？

心配だ。はやく強い自分に戻らなくてはならない。

何もわかっていなかった

自分はどこに向かっているんだろう?

突然、病に倒れて、いや、もしかしたら何かはわからないが、病気になってしまうかもしれないと恐れていた。そう恐れていたけれど、何も手を打たず、奥さんには「オレは保険なんて入らなくても平気だ」と強がって、言うことを聞かなかった。

1週間のうちに6日間は飲んでいたし、眠ってもいなかった。食事もいいかげんだった。ただ、家はいつでも安らぎだった。

そんなわかりきっていた生活のなか、病気になった。

だいたい病気という言葉自体、不思議な言葉だ。病気になったら、社会から遮断されてしまうこと、何も先が見えなくなってしまうこと、大切な人が泣いている姿を見ること、わかっているようで、何もわからなかった。

ボクはこのどん底から這《は》い上がることができるのだろうか?

これをどん底と表現したら怒る人もいるかもしれないけれど、このつらい身体をどうにかさせ、もやもやしている頭もすっきりとさせて、忘れてしまっている何かを思い出すことができるのだろうか？

何を忘れているか忘れてしまっているボクが、普通のボクに戻る日はくるのか？

この2年で感じること

もしも、だ。
ボクがあのとき死んでしまっていたら、どうなんだろうと考えることがある。
家族は、どうしていただろう？
きっと友人や仲間たちは、少し悲しんでくれただろう。
家族は、いまよりもラクなのではないかと思う。
病気のボクという〝縛り〟を持たなくてすんでいる。自由だ。
あのとき亡くなっているとしたら、死後2年。
もう、何ごともなく、暮らしているだろうか？
息子は結婚していただろうか？

そんなことを考えると、いまの自分はいたたまれない気持ちになる。

この2年で感じることは、人の愛や優しさ、心の広さだ。

ボクの周りには、こんなにもよい人間が集まっていたのかと思うくらいだ。

この2年で、世の中の人にはいろいろなことが起こった。もちろん、ボクが病気になっただけではない。お母さんが病気になった人、自分が事故に遭った人、がんの手術を受けた人もいた。ボクはそんなことを、まったく知らなかったのだ。だけど、そんなたいへんなときでも、ボクのお見舞いに普通にきてくれたそうだ。ボクだけが、つらいんじゃないんだ。

みんなつらいことがあっても、こんなボクのためにお見舞いにきてくれていた。

本当に、ありがたいことだ。

暗い夜の何もない世界

もがいているけれどなかなか出口が見つからないとか、長いトンネルのなかで出口に着かないみたいなことが、よく夢であると聞くが、ボクのいまはそんなものだろうか？

文章を書くことは、こんなふうにスラスラと何も考えないで出てくることもあれば、考えても何も書けないこともある。けれど、あとのたいていのことはできない。

よくわからないのだ。

家族のことも…。

いや、家族のことはわかるけれど、一体何がわかっているのかも、実際、よくわからない。

わからない、わからない。

覚えていないことも、わからない。

わからないことも、わからない。

それは、ボクにとって、暗い夜の何もない世界にいるようで、怖いのだ。

自分は自分であることがわかっているのに、何をしていたか、わからないのだ。

不思議だけど、わからないことが、よくわからないのだ。

暗い、暗い、場所。

ベッドで目が覚めると、カーテンの隙間から、日が射している。

動けない身体を、エアーマットが包む。

覗《のぞ》き込む、奥さんや子どもの顔。

隙間から射し込んでいる日のように、ほっとする。

細やかな喜び

いま寝ているベッドは、〝オリ〟のようだ。

気を緩めて、身体を狭めると、柵の範囲がすかさず小さくなってくる。

一度、詰められると、迫ってきた柵は、もう動かない。

身体全体が、不自由な位置で止まる。あらゆる方向へ、もう一回、自分の手足を伸ばす必要がある。右手で左の柵を持って、右半身を持ち上げる。または、その逆。

目の前に、柵が迫る。

柵のなかで、のたうちまわる。

トドみたいだなあ、といつも思う。

思うようにはなかなか動けないのだが、ベッドの柵を持って、バタンバタン、ドタンドタン。

ほんの少し、右に寄れた。それでも、〝身体〟を感じて、ボクは嬉《うれ》しいのだ。

自分で、自分の身体を、動かせたことを。

だけど、いつもできるわけでもない。

そんな細《ささ》やかなことでも、頭と身体がひとつになっていなければ、自分でやろうとは思わない。頭と身体がひとつになれば、柵のなかの小さな世界で、ドタンドタンと動く。

それが何かの動物に見えたとしても、嬉しいのだ。

往診の先生

気がついたら、ボクは大学病院に入院していた。

その病院を退院するとき、ベッドの横で奥さんは心細そうに聞いていた。

「退院したら、この病院で診ていただけないのですか？」

お医者さんは、こう答える。

「もちろん、診てさしあげることはできるのですが、遠いし、大学病院では待ち時間も長いですし……」

ボクらは見放された気持ちになった。

もうやるべきことはない、治らない。

そんなことを、言い渡されているような気分だ。

大学病院というもののあり方は、わかっている。急性期の患者さんのためにあり、そうでない患者よりも、優先されなければならない。

そのために、掛かりつけ医などと連携を取っているのだからね。ただ、奥さんは幼い頃、風邪をひいても往診の先生が家に来ていたと言うが、ボクにはそういう記憶はない。

よくわからないまま退院して、往診のお医者さんというシステムが始まり、2週に一度、往診の石田先生がやってくる。

石田先生は薬の処方から、「変わったことがないか?」、「日常生活で困ったことがないか?」とか、親身に聞いてくれる。

真面目で実直、毎日たくさんの薬を飲んでいるボクを心配して、どうにか薬を少なくしようと努力もしてくれる。

プールに入りたいと言えば、相談に乗ってくれる。いつも事務の若い男の人と2人組で来てくれるのが、安心できる。いまのボクには、なくてはならない存在だ。

大学病院を退院したときの不安は、もうない。

もちろん、大学病院のお医者さんもいつでも診てくれるだろう。

普段は往診の先生がいてくれるので、まずは安心できる。

文章を書く理由

悲しいのは、忘れてしまうこと。

自分が自分でなくなってしまうこと。

こうしている自分でなくなってしまうこと。

けれど、その違うボクはボクが覚えていないから、わからないのだけど……。

原稿を読んだら何を書きたかったのかもわからないし、そのときのことも覚えていない。

恐ろしいことだ。

奥さんいわく、「昔はもっと脳が眠っていることもあったよ」。

そういうので、少しは治っているのだろうか？

脳が眠っているイコール、わからないときのボク。

そればかりが気になってしまう。

恐いからだ。

自分がわからなくなる恐ろしさ——ボクはそのために、文章を書こうと思う。

物書きになるということ

ボクは学生時代に「スポーツニッポン」の学生欄の記事を書き始め、主婦の友社の『ギャルズライフ』という雑誌にコラムを書いたりして、何となくフリーライターという職業にありつき、いろんな雑誌の編集をしたりしていた。

渡辺和博さんと『金魂巻』という世の中のカタカナ職業を㊎と㋪の分けて、カタログ化した本を書いて、その後はわりと売れる雑誌の編集もしていた。

いくつかの仕事をして、「しゃべるように書け」とか「お前の感想なんていらない。誰も聞いていない」とか、「データをもっと入れろ。事実を詰め込め」なんて教育されながら、自分なりの書き方をつくっていった。

そんなとき、『NAVI』というクルマの雑誌の連載が始まった。

この雑誌の鈴木正文編集長に、「お金のために原稿を書くのですか?」と仰天するようなことを言われた。

まるでいっぱしの随筆家であるかのような扱いを、はじめて受けた。

いまでも、忘れられない出会いだ。

『NAVI』でのコラムは、ボクを成長させてくれた（ような気がする）。いっぱしの物書きがどんなものなのか、これから進むべき道を教えてくれたような気がする。

ボクはその鈴木編集長の期待に、応えられたのだろうか？

先日、深夜番組で鈴木編集長を久々に拝見した。

変わりない姿だったけれど、なんか心配だった。

元気なんだろうか？

自分のほうが、心配なのにね。

プロの物書き

みんなはどうやって、原稿を書いているのでしょうか？

ボクはベッドの上で妄想して、なかなかいい原稿が書けそうだなんて、考えているんだが、さて書こうと原稿用紙に向かうと、「あれ？　何を書こうとしていたんだっけ？」と思い出せない。病気のせいか、年齢のせいかわからないが、毎日、傑作を探している。

何せ、頭のなかでは最高のできの文章ができあがっているのだからね。

何という、衰えか……。思い出せない原稿は、ついに思い出すこともなく、お蔵入りなのである。昔、「15字詰め87行」で書いてくださいと言われれば、起承転結、ぴったり合わせて、15字詰め87行で書くことはできた。プロの物書きなら、当たり前のことだ。

「321字で書け」と言われたら、321字ぴったりに書けるのも当たり前だ。

頭のなかでこれとこれを組み合わせれば15字ね、なんてことすら考えなくとも、15字でぴったりにできるのだ。いまは、どうなのか?

やってみたこともないけど、できなくなっているのか、不安だ。

一流のインタビュアー

今日は飲み友だちがきてくれた。

半分仕事なのだが、懐かしい顔だ。

ボクが日本一、インタビューが上手だと思っている男だった。

その男が、ボクをインタビューしにきたのだった。

病気になっていろんなインタビューを受けたが、彼のような質問をしてきたヤツはいなかった。そして、インタビューアーとしての心得、相手を気持ちよくすることも忘れていなかった。

「神足さんは働いて働いてきて、倒れられた」「原稿はどうやって書かれているんですか？」「以前はパソコンだったんですよね。その前はこの原稿用紙ですか？」「相馬屋製の原稿用紙には何か意味がありますか？」「鉛筆は、え〜と、トンボのBですよね」「お仕事はここでされているのですか？」「前の書斎をいま見せてくれますか？」……。

実に細かいのだ。それに、「小泉元総理の脱原発の話題ですが……」というように、ボクの脳を刺激する質問をしてくれる。

一人前に扱ってくれているのが、嬉しいのだ。

わからないと思っているのかもしれないし、それを確かめているのかもしれない。けれど、久々に一流のインタビューアーに会えて、ボクも一人前の仕事をしたような気持ちになった。

そろそろ……

第一線で働く人というのは、その職種でわずか数百人か、そんなものだろう。

どんな職業でも、頂点に立つというのは、並大抵のことではない。

椅子取りゲームのように、席を立ったら、すぐに違う人がその席に座る。

その人の代わりなんてできるわけないのに、その席に座って、居座るのだ。

けれど、座ると、いつの間にか、その代わりの人がそれらしく見えてくる。

ボクも誰かの代わりに何かの席に座ったのかもしれないし、ボクの後に座ったヤツがいるかもしれない。そんなゲームは、おもしろい。

ボクは、また追い抜くことができるかもしれないし、ずっとアイドリング状態で、そのままの位置にいるのかもしれない。

ただ、そんな勝負は、ボクは嫌いではない。

なので、そろそろエンジンをかけてスタートさせなければいけない。

ボクができること

もう助からないというヤツが、生き残っている。

その価値はあるのかなあと考える。

とにかく生きているのには、医療やら設備とか、金のかかることばかりだ。

仕事もできないで生きていて、どんなものだろうか？

せっかくいただいた命だからと思うのだが、せっかくいただいた命は何のためにあるのか、考える。

生きてくれているだけでいいと言ってくれる、家族のためか？

ボクのような人のために、経験を書き留めるか？

いろいろ実験してみて、いいものを伝えたいんだけどなあ。

どうやっていけば、いいのか？

ボクができることは書くことだから、伝えられたら、嬉しい。

ボクが書くべきこと

ボクはお笑いの構成作家になっていたかもしれない。

小説家になっていたかもしれない。

あまりに忙しかったので、自分の好きなことができていなかった。

小説を書きたかった。いや、随筆か……。

いまなら時間もあるし、書けるかもしれない。

どんな本にしようかと考える。

それより、いまのことを書いたほうがいいのか？

とりあえず、資料を集めるか——といまは少し意欲的だ。

忘れないうちに書き始めておこう。

ボクは資料を集めて、いまのボクを書こうと思う。

ボクの仕事は、書くことだ

こんな散文を書いていても、ベストセラーになるわけない。

けれど、ボクのいまの一番のリハビリは、この原稿を書くことだと思っている。

身体が思い通りにならなくても、声が出なくても、昔のような文章が書けなくても、書き続けるのだ。書いて書いて、書くのだ。

だいたい前のボクだって、むずかしい文章を書いて、よくわからないと言われていたのだからね。

いま、ボクが書いて、書き続けられるのは、いまのボクが生きているからだ。

生きて戻ってきたからには、書くのみだ。

ボクの仕事は、書くことだ。

カミナリも恐ろしい

台風がきているのかと思った。

カミナリが鳴って、土砂降りだ。

そのカミナリも、半端じゃない。

ものすごく近くで、地響きがするくらい。

ドドッ、バリバリバリと音がする。

もしこのカミナリが家に落ちたらどうなるのかなあと、ベッドに横になり、不安になる。

カミナリの音も平静を装うのもたいへんなくらい、恐ろしい。

跳び起きたいのだけど、もちろん、動けないわけだ。頭のなかで、カミナリが我が家に落ちて、屋根が真っ二つに切り裂かれる画を想像する。一巻の終わりだ。

カミナリだけではない。

竜巻からも、地震からも、ボクは逃げられない。

そんなことを考えていた次の日、ボクの気持ちを見透かしたように、区役所から手紙がくる。避難に援助が必要な人は、届け出てくださいというものだ。

奥さんは「書いておくね～」とすっと出していたが、ボクはそれを心のなかで、かなりずっしりと受け止めた。避難のときに、他人の手を借りなければならない虚しさと、そんな人が結構いるに違いないのだと思う気持ち……。

ボクは助からないとしても、家族や助けにきてくれた人までも、助からなくなってしまう可能性もあるということだ。

ボクはどうしたらよいのだろう?

これからのボクの仕事

介護ロボットというのを、以前、取材で試してみたことがあった。

当たり前だけど、その頃は健康な身体で試して、こんな感じと書いたありきたりの記事。

いまのボクだったら、どうだろう？

動かない脚や手に装着して、ここが都合悪いとか、もっと真剣に書くだろう。

あのときが真剣でなかったわけじゃないのだけど、やはり当事者でなければわからないこともあるだろう。しきりに奥さんは介護ロボットを試してみたいと言うが、ボクが使ってみたいというのとは、少し違う。

奥さんは、それを使えばボクが歩けたりするのではないかと、期待している。

ボクにももちろん、そういう期待はあるけれど、それをつけた自分がどんなことを思うのか、それを知りたい。

介護ロボットだけではない。

介護車、新しい車椅子、介護用椅子、介護用はし、介護ベッド……いろいろ試してみたいものが、たくさんある。

それがどんな具合で、どんなところがよくないか、それを試してみたいのだ。

そういうことが、これから自分のできる仕事だとボクは思っている。

誰か、そんな仕事を考えてほしい。

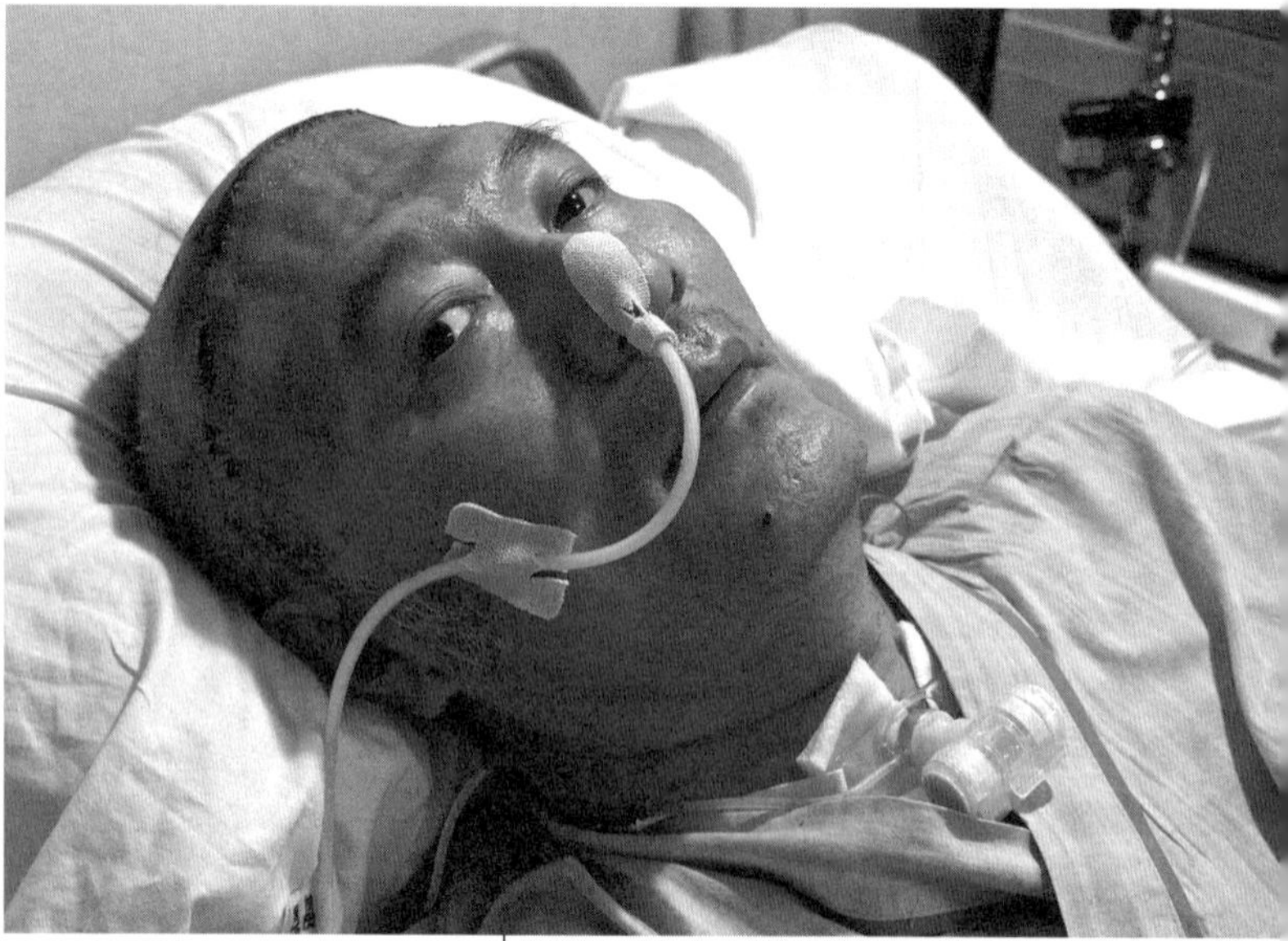

2011年9月28日、集中治療室から一般病棟に移った。くも膜下出血の予後リスク、再出血や脳梗塞は回避でき、生命の危機は脱したのだが、意識はなかなか戻らなかった。当初、大量出血で大きなダメージを受けた脳を休ませるために、麻酔で眠らせる処置がとられていたが、当初、その期間は10日程度とされていた。ただ、2週間、3週間と延びていき、家族は不安を募らせた——だが、必ず回復すると信じて、声をかけ、手足をさすり、必死の看病を続けていた。

第2章

リハビリの日常

脳天気の理由

イビキをかいて眠っている。
疲れているのだろう。
布団に入って数分も経たないうちに、寝息をたてた。
うちの奥さんは、元来、脳天気だ。
だいたいボクと夫婦をやってきたのだから、脳天気でないと、やっていけない。
そうなってしまったのかもしれない。
今日は400万円入金があるはずだぞと、一晩で何十万円も飲んだ。
一晩だけではない。400万円なんて、あっという間だ。
「今月は支払いに、60万円足りないからね」
と奥さんから言い渡されても、尻をまくる。
「ないものは、しかたない」
何とか工面してきた奥さんは、何も言わない。

ボクは稼いでいるからね、どうにかして帳尻をあわせてねと、知らん顔していた。

いまだって収入がなくなって、どうやって生活しているのか不思議だけど、奥さんは泣きごとを言わない。肝っ玉が据わっている。

しかし、結婚したての頃の奥さんはか細くて、誰にも断れずに迷っているような人だったはずだ。身体も細かったが、神経も細かったはずだ。肝っ玉が据《す》わっていたわけがない。

身体は太くなったけれど、人見知りで、自分で何かを考えてやるなんてできるヤツでない。

だから、そっと眠らせておきたい。

忘れ具合がありがたい

退院して、半年が経つらしい。

らしいというのは、忘れてしまうからだ。

この前、入院中に世話になった橋本弦太郎先生に会った。

なので、入院していたことは覚えているはずだが、忘れる。

家族の介護がないと、ボクは生活できない。下の世話から、ベッドから車椅子への移動、風呂。何から何までだ。

入院していた頃は、下の世話も奥さんでも嫌な気持ちになったが、それも慣れた。息子もやってくれる。ヘルパーさんもやってくれるが、いつの間にか、奥さんと息子がやってくれるのが、一番息が合うのだ。心地よい。

プロなのに、と思うヘルパーさんの投げやりな仕事にあきれることもある。逆に男性ヘルパーでも、心地よい仕事をしてくれる人もいる。

心地よいのは、ありがたいことだ。

心地よさはまず、奥さんや息子が嫌がっていないこと、面倒くさがっていないことがわかるからだ（と、思う）。

看護婦さんのなかには、溜息《ためいき》をつきながらやっていたヤツもいる。

それは、こちらもつらい。長い介護で家族もイヤなときもあると思うが、今のところ、笑っている奥さんや息子を見ていると、安心する。

たまに「疲れた〜」と奥さんがベッドの横でダラダラしているが、顔を合わせたら何か安心していられる。今後どうなるかと思うこともあるが、家族はありがたい。

息子が結婚しても、奥さんは「ひとりで平気」と平気な顔で言う。

きっとこいつは平気なんだろうなと、ひょうひょうとした顔を見て思う。

いまのところはね。

自分の忘れ具合がこの場合、ありがたい。

恥ずかしいのも忘れるからね。

脚が痛い

手のかかる不具合者として、変わりようがあるはずがありません。

独立歩行で、砂漠やジャングルや海、山、川などを抜けるのはむずかしく、無理なところです。

痛みは、動かそうと念じるだけでも、起きます。

左脚はほとんど、全身のおしおき状態です。

右脚も１か月の間に数日、運動を欠かすと、動きません。

１か月の間に、１がなくなる。

１か月分のダイエットを忘れる１日どころでありません。

マッサージは、ちょっと触っただけで終わり。介護保険の限界なのか、20分は短すぎます。

まだ脚がマッサージされているとわかる前に、終わってしまう。

とにかく、脚が痛い。

『週刊アスキー』のテストレポートをやることになって、まず考えたのが、マッサージ機。椅子に座るタイプの低周波は、動きづらい左脚にいいはずだ。

しかも、リハビリを兼ねているマッサージ機がないもんだろうか？

なかなかいいものが見つからないとき、ＭＯＭＹというマッサージ機を見つけた。

痛いのはふともも、ふくろはぎ、足裏。すべてができるマッサージ機がなかなかない。

空気で圧縮する、何となくおもちゃみたいなものだ。

娘は〝宇宙服〟のようだと言う。

だまされた感がないわけではなかったが……。

できもの

みっともなくイヤですけど、左肩の下にある、脇の下のおできが気になる。

何か考えるたびに、さっきから考え始めるたびに、邪魔をしてくるんですが、そんな夢をずっと見ていました。

そのおできがあると、原稿がまともに書けないんじゃないかとも思うが、わかりません。

左肩が動けば、原稿もうまく書けるようになると思うのです。

身体が痛くないときは、すらすら書けたりすることもあります。

自分の身体は自分であって、自分でないのです。

身体とともに、脳も弱いのです。

思い出せないのです。

おできの痛さ以外はね。

馬鹿野郎

久々に、慈恵医大第三病院に行った。

ほとんどのことを忘れてしまうボクだが、主治医の橋本弦太郎先生とリハビリ担当の吉田啓晃先生のことは、覚えていた。２人とも若いが、ニコニコとボクに適切に指示を出す。

安心感が病気を治す感じがあるが、なぜいつもここにこられないのか？

だいたい、この病気の通院のシステムは間違っている。

国の保険制度では、どうしようもない。

馬鹿野郎だ。

そんなのを考えた役人は、何も知らない馬鹿野郎だ。

何かあるだけでいいいと奥さんは言うが、違う。

馬鹿野郎だ。

雪の日

雪が降った。

家の庭を見ていたら、みるみる積もっていく。

閉ざされた家は、心も閉ざす。

このまま外に出られない自分が、どんどん小さくなっていくようだ。

小さくなって、子どもに戻っていく。

昔、子どもが生まれたとき、よちよち歩きは酔っ払いによく似ていたし、しぐさがどことなくおじいさんやおばあさんに似ているなあ、と思っていた。

やっぱり年老いていくと赤ん坊に戻るのか……赤ん坊が年老いた人に似ているんじゃなくて、老人が似ていくのかもしれないと妙に納得する。

自分は、10年だか、20年はやくそのときを迎えたのかもしれない。

子どもが窓際から離れずに雪を見ているように、ボクも窓からずっと雪を見ている。

あっという間に、5cmは積っただろう。

子どもはあの真っ白な雪の庭に、足跡をつけたいと思うかもしれない。

けれど、ボクは外には出られない。

そんな雪の日。

クルマが壊れた

うちのクルマが壊れたそうだ。

家にクルマがないと不便だし、だいいち、いまのボクの身体ではクルマなしの生活は不可能に近い。

いまはワーゲンのトゥーランというクルマに乗っている。

車椅子も入れられるし、多少車高も高いので、車椅子から移動がしやすいほうではある。

代車になぜだかベンツのCクラスがきたが、普通のセダンってこんなに車高が低かったっけ？と思う。座高の高いボクには、頭が引っかかってしまうほどだ。

元気なころ、昔ほどのクルマへの情熱はなくなっていた。

だが、ベンツの顔が昔っぽく戻ってきた感じがして、次はベンツをやっぱり買おうか、なんてリーフレットを枕元に置いたりしていた。

ところが、だ。

こんな身体になって、「介護車両がいいんじゃない？」なんて言われて考えてみると、国産しかないことに気がつく。それだったら、「広島でなじみのMAZDAは？」なんて奥さんにディーラーに行ってもらったら……。

な……なんとマツダでは介護車両のモデルは1台しかないという。

なんてこった‼

選べもしないのか！

力を入れてるのはダイハツ、日産、トヨタあたりかな。

そのなかで、選ぶしかないのか？

限られた車種のなかに、欲しいクルマはない。

だいたい同年代のクルマが好きなお父さんたちが親の介護のためにクルマを変えなければならなくなって、これらのクルマだけで満足がいっているのか疑問だ。

いや、満足しているわけがない。

一応言っておくと、国産のクルマは、どれも本当によく考えられている。

が、どうなんだ……。

ある日の朝、奥さんがどっかにいってなかなか帰ってこなかった。

聞いてみると「ヤナセに行ってた」という。

もちろん、この先が見えないボクの家ではベンツを買うなんてできないのだが……。

店先においてあったベンツのBクラスを見て、「すみませ～ん。このクルマの助手席、介護用に改造できませんか？」と聞いてきたらしい。

ヤナセのサービスマンだもん、ちゃんと調べますって答えが返ってきたらしい。

すごいな、ヤナセ。

四季の移ろい

こんなに季節を感じることも、珍しい。
雪が降ったなと思ったら、木の芽が顔を出す。
風が強いのは、春一番だ。
桜も咲くし、窓を開ければ、風が部屋を通る。
いつの間にか、庭の木々が緑を鮮やかにする。
ざーっと夜中に雨の音がする。居間のテーブルの先に見える窓の外は、雨。
部屋はうす暗い。子どもの頃に見た、風景だ。
ベッドの上で、車椅子の上で、季節が通り過ぎるのを見ている。
急ぎすぎて、ちょっと前のボクは、季節が通り過ぎるのを見ていなかった。
季節は、その断面だけを見ていた。
風の音も、そのときの音だけだった。
窓の外を通り過ぎるのを見られるのは、贅沢だ。

言わなくても、伝わる

奥さんが「ちょっと出かけてくる」と、うたた寝しているボクに声をかけた。

「どこ行くの？」

「何時に帰ってくる？」

聞いてみたいけれど、声が出ない。

だが、奥さんは何も言わないボクの心を読むように、返事をする。

「夕飯の買い物。１時間くらい」

寝ているのだから、何の用事もない。

けれど、「どこ行くの？」だ。

奥さんがいない間も、何となく時間は過ぎて、何の問題もない。

けれど、「どこ行くの？」だ。

ただ、ちょうどよく、ボクは声に出して言えないので、何てことなく時間が通り過ぎる。

うるさい病人にならずにすんでいる。

夕べのできごと

カラスの赤ちゃんが傷ついて、玄関の前に倒れているらしい。

78歳になる義母がベッドの横にきて、興奮気味に話す。

「明子が家に入ってこられないらしいよ」

それからが、あまりに真剣で笑える。

どうやら、カラスの赤ちゃんが玄関の目の前で倒れていて、奥さんが玄関に入ろうと近づくと、上で待機している親らしきカラスが2匹、威嚇《いかく》してくるらしい。

なので、家に入ってこられない、と。

義母が玄関をバタバタと大げさに開けたり、閉めたりしているが、子ガラスは動かない。

孤島となったわが家だ。

日も暮れれば親ガラスがいなくなるかもと、奥さんは待っているらしいが、親ガラスは近くを離れない。夕食の時間も迫ってきて、義母が「どうしようかね」とボクを心配する。

食事を運んでくる義母。しかし、うまく食べられない。

２人で途方に暮れる。奥さんは動物愛護団体にまで電話して、友人にもツイッターでの拡散を頼んで、情報を集めたらしい。

だが、「区役所の開く月曜まで待つしかないですね」と関係筋からの悲しい知らせ。

なんたる……。〝孤島〟の２人は悪戦苦闘の末、諦めモード。

そこに、親しい友人の旦那が、クルマで30分かけてわが家まできてくれて、カラスを救出してくれるという。

結局、親ガラスを棒で払い、子ガラスを箱のなかに入れて、玄関の外に移動してくれた。

朝、目覚めたボクに奥さんが言う。

「まだ子ガラスが小さく鳴いている」

「親ガラスも来ているよ」

「水でもあげたほうがいいかな？」

段ボールのなかの子ガラスを心配している。

ボクは自分が夕べのできごとを覚えていたことに、驚いた。

こうして夕べのことを書けることに、驚いている。

〝孤島〟のインパクトが、強かったためだろうか？

キャンプの夜

芦ノ湖にキャンプに行った。
キャンプといっても、コテージに泊まる。
気の置けない仲間が集まって、広島お好み焼きを焼いた。
ライターの白崎博史が横で上手に焼いていて、思わず手が出そうになった。
口も出しそうになった。
出せないけどね。
白崎のお好み焼きは意外にも上手で、ボク好みの味になっていた。
白崎というヤツは、おもしろい男だ。
きっとこれからも、おもしろいことをしそうだと思っている。
お好み焼きを上手に焼けるように、いろいろなことをするだろう。楽しみにしている。
負けてはいられない。

深夜まで酒を飲み、食べ、話す。

毎夜のように飲み明かした、神保町の夜のようだ。

この数日、前日のことや、ついさっきのことを覚えていると奥さんが言う。

忘れてしまっていることを忘れているので、これが普通だと思っていたが、どうやら進歩してきたらしい。

途中で寝て、起きて、長い夜……。

また、話を続ける。

酒飲みというのは、そういうものだ。

大人の時間が過ぎていく。

現役の人の時間だ。隠居の時間ではない。

強烈なジャブも、昔の失敗も、ゆるくかわす。

激論のなか夜が過ぎる。

ボクは昔から、途中、眠っちゃうんだけど。

また起きて、話を続ける……。永遠にね。

そこにいる、ボクが嬉しい。

おむつについて

おむつをつけるというのは大人の、しかもしっかりした頭を持っている人間ならば、つらいことだ。病気だからといって、そんなに割り切れることではない。

けれど、自分の身体のことをよくわからないのだが、尿意がないわけではない。

言えないから出てしまうのか？

出るのもわからないのか？

トイレに行きたいとわかってもらえないときやよくわからないときもあるが、そこが自分でもわからないから情けない。

それこそ1時間おきに「トイレは？」と聞いてくれれば、「行きたい」とか「行きたくない」とか、言えるかもしれないし……。

そんなに悩む必要はないと奥さんは言っていた。

また、おむつでしても、トイレでしても、どちらでもいいと言ってくれれば、安心だ。

息子がだんだん自分に似てきて、一人前のことを言えるようになってきたら……。

まあ、おむつも仕方ないかと、世代交代のような気分で諦められるかもしれない。

人間のすごい能力

トイレに行きたいのに、「トイレに行きたい」と言えない。

車椅子の上でボクがもぞもぞしていると、「パパ、トイレ？」と奥さんが聞いてくれる。

ボクはうなずく。

で、トイレに行く。

「トイレに行く」と紙に書けばいいじゃないかと言われるが、そのときは思い浮かばない。

2つのことが、一緒にできないのかもしれない。

こうして書いていると頭は整理できているように思えるけれど、行動と考えをひとつにできないのだ。

蕎麦《そば》を食っていても、蕎麦を食べるという行為とこぼさないように食べること、はしを上にあげて口に運ぶことを一緒に考えると、何ひとつ行動に移せなくなる。

人間というのは本当にさまざまなことを同時に考え、ひとつのことをしているものだ。

だが、2つのことを同時にできないのは、ほとんどのことができないということだ。

ボクらは無意識に、すごい機能を持っている。

なぜボクができないのか？

不思議である。みんなもひとつの行動を起こすときに、どんなことを脳に指令を出しているか、確かめてほしい。

おもしろいと思う。

大騒ぎのトイレタイム

うんこがしたくなった。

けれど、「トイレに行きたい」と口に出して言えない。

うんこはそこまで出てきてしまっているので、緊急事態だ。

車椅子の上で尻をずらしてみる。

うんこが出ないようにね。

昔、酔った席で「寝うんこをしたことがあるか？」という話になって、「自慢じゃないけど、したことがない」と威張ったもんだけど、それどころではない。

うんこは尻の出口で止まって、待っていてくれている。はやくどうにかしなくては……。

ちらっと、家族を見る。

子どもたちはテレビを観ていて座っているし、奥さんはこちらを見ない。

うんこが出そうなのに、気づいてもらえない。

もう少し我慢できるかな、いや、もう出るぞ。

もう一度、奥さんを見るが、気づかない。

おい、こっちを見ろよお！

息子を見る。

目が合った。

「なに？　パパ」

「だから、うんこだってば！」

と心の声で叫ぶが、もちろん、聞こえない。

もうダメだと、尻をずらす。

「えっ！　パパ、トイレ？」

ようやく気がついたか！

「まだ、出てない？　大丈夫？」

とりあえず、ボクは大きくうなずく。

トイレなのだ、出ちゃうのだ——猛ダッシュで車椅子を押す、息子。

トイレに入ると、おむつを下ろす。

「まだ出てないか確認してから、おむつを下ろしてよ」

「あっ！　ぎりぎり！　出そうになってる‼」

家族で大騒ぎのトイレタイムである。

切なくて、おかしくて

うんこが出たいときはわかるのだけど、おしっこはどうもわからない。

今朝、ヘルパーさんがベッドの上で身体を拭いてくれていたときのことだ。おむつを開いて、尻を拭いてくれていた。

「あー、神足さん。おしっこ」

ヘルパーさんの身体が20㎝は浮いた。

おむつの上ですっぽんぽんのボクは、おしっこをしてしまったのだ。

おしっこを出したいとわかることもあるし、わからないこともある。申し訳ないのだけど、
ヘルパーさんが20㎝飛んだ姿がおかしくておかしくて、おしっこをしながら、笑ってしまった。

すいません。

情けないけど、仕方ない。

本当に、人間の身体は不思議なものだ。

自分が生きていることを実感する。

おかしくておかしくて、涙が出る。

切なくて、おかしくて、涙が出る。

ある妄想

田中知二はさっきボールペンと原稿用紙を出してきたが、何をしろと言いたかったのか？

知二は元『週刊プレイボーイ』の編集長、ボクがいま書いている本の担当でもある。

原稿を書いてみろという意味か？

それなら結構、不意を突くヤツだ。

ボクは風呂を出たばかりで、まだパンツもはかず、髪を濡らしたままで座っていた。

今日は一日、ずっと頭の中でドラマの台本を書き続けている。

ずっと妄想をしていた。

ボクの役は船の横っ腹に開いた機関銃の穴を弾丸の経路をどう測ったら、後で問題がないかだけを考えていた——ボクは演技が下手な役者だから、沈黙を長くした。

ここでヒーローの出番だ。

演技が決まって、なんぼとなるのだ。

船から眺めてみると、吉川晃司がはまり役のような気がする。

吉川は修道高校の水球部の後輩だしね。

そんなことを思っていると、知二はデカプリオみたいのを入れればいいと言う。デカプリオか、それではいいとこどりで……。こいつは原稿さえ書かせればいいと思っている。

……などなどと、妄想。そんな妄想も、きちんと覚えていないんだけどね。

自分の存在

今日は『週刊アスキー』のテストレポートの撮影があった。

３週分の撮影なので、場所を３回移動する。

ボクは動けないから、奥さんが車椅子から普通の椅子に移してくれる。

で、カメラ目線でワンカット。そして、違う場所で違う椅子に座ってワンカット。

洋服を着替えさせてもらって、「ハイ、座る」。

違う服を着て、「ハイ、パチリ」。

どうだろう？

読者が見たら、昔のように元気になったと思うのだろうか？

人形のように動かしてもらい、着替えさせてもらい、その一瞬を撮る。その一瞬を切り取っているのだ。いまの自分とは、本当はまったく違う自分が写真に写っているに違いない。

それが、イヤか？

いや、イヤではない。それでも自分の存在がそこにあるのだから、それでいいのだ。

ごはんを食べたくない

ご飯を食べたくない。

こんなに毎日、ご飯を食べなくてはいけないのは、面倒すぎる。

あれやこれや奥さんはいろいろ変化させてつくってくれているが、食べるロボット。

どこかに食べに行こう。それが、いい。

どこにしようか？

昔は家のご飯がうまいと思っていた。

昔は週5日の外食生活。いまは家メシ週7日。すると外メシが食べたくなるものなのだな。

やっぱり、ラーメンか？

いや、ボクは何を食べて喜んでいたのだろうか？

寿司かな、炙《あぶ》った魚かな、野菜スティックかな……。

やっぱり、ラーメンか寿司だろう。

少しビールも飲もう。

神足Aと神足B

とてもいいことを、聞いた。

自分の身体が自分の身体でなく、頭も自分のなかにまだ戻っていないだけだったのだ。

神足Aと神足Bがいて、AとBはまったく違うことをする。

二重人格とも言えそうな話だが、ちょっと違う。

神足Aはいつも通り、神足裕司として常に働いている。原稿を書き続けている。忙しくて、「明日は何だ、どんな仕事をするんだっけ？」なんて考えて、毎日、頭から湯気を出している。

神足Bは実際、みんなの目に映っているボク。

身体が動かなくて、ジレンマを起こしているボク。

神足Aは何となくいろんなことをこなしているので、神足Bもそんな気になっている。

けれど、神足Bは神足Bであるので、神足Aのようにできるわけもない。

神足Aだけの自分になっているときもあるし、神足Bだけになっているときもある。

神足Aになっているときは、原稿もすんなり書ける。

けれど、本当は偽物の神足Aでしかない。

いずれ、神足Aだけに戻れる日がくるのだろうか？

神足Aと神足Bが近づいて、ひとつの自分ができるのだと思う。

親として思うこと

ボクには息子がいる。

確か25歳とか26歳とか、そのあたりだ。

大学時代からつきあっている彼女がいる。どんな彼女かいるのか気にしたこともなかったが、
長年息子とつきあっているのだから、いい人なんだろう。

自分で言うのも何なんだけど、息子は昔からいい子で、思いやりもある。

家族を大切にする。だから、ボクが病気になっても、ずっと看病している。

我が家では、いなくてはならない存在だ。働いているのも、彼一人。力持ちも、息子だけ。

だけど、どうだろう？

ボクがいまの生活ができなくても、息子は息子の、娘は娘の道を進んでほしい。

そう思うのは、親なら誰でもそうだろう。

おっと、ボクには娘もいて、その娘はかわいい。

娘も自分で、自分の道を進んでほしい。

息子は自分を追い詰めて、つらい思いをしているのではないかと、彼の性格をよく知っているボクたち夫婦は思っている。遠くに行っても、勤勉な自分でなくても、ボクは息子を愛しているから、大丈夫。だから、はやく結婚してほしい。

ボクと違って、そんなに女のコにモテそうじゃないからね。

はやく結婚しろ、と言いたい。

結婚しないのは、まあ、ボクのせいかもしれないけどね。

友だちは宝だ

ボクには娘がいる。文子という。高校生かと思っていたら大学生だという。

ボクが眠っている間に大学生になっていたのだ。

まだ学生の子どもがいるのだから、のんびりと寝ているわけにもいかない。

顔を見ていると、犬のようにかわいい。

いや、犬が文子のようにかわいいのだ。

無条件にかわいいのだ。

そんな娘にも苦労をかけたに違いない。

ちょうど受験を考えるときに意識がなかったわけだからね。

ボクの面倒も、よくみてくれる。

女子大生なのに風呂の手伝いもしてくれるし、トイレにも連れていってくれる。

ボクが眠っている間に、文子の同級生の家族にもずいぶん助けられたらしい。

ともちゃんにももちゃん、かなちゃん、ちかちゃん、まだいるかな?

家族も文子も、ボクも助けられた。

奥さんは、その話をするといつも泣く。

友だちは宝だ。

ボクもいい友だちを持っている。

文子や息子、奥さんにもいい友だちがいるようだ。ボクがいなくなってもさびしくないように、いまのうちに友だちと思う存分、遊んでほしい。

料理人デビュー

大きな山場を迎えていた。
ボクは料理人として、デビューする。もともと料理は好きだったので、よくつくった。
鬼の首を取ったように、母が言っていた昔を思い出す。
「わしゃ、広島で一番のうどんをつくるけんね」
ボクも一世一代の勝負のオープンだ。
料理は何をつくるのか？
ふっと、目が覚めた。
夢か……。でも、これは正夢に違いない。
だって、いま奥さんがこう言っているからだ。
「次はパパの料理の本、出すんだって」
もし、それが本当なら、ヘタな料理の本は出させない。
ボクの一世一代のデビューの本だからね。

悲しみがとまらない

急に悲しくなった。

テレビを観ていて、誰かが泣いていたからだ。

悲しくなると、止めどもなく悲しくなる。

何が悲しいのかわからないのに、悲しい気持ちだけが残る。そういう病気なのだと聞いたような気もする。

だが、悲しくなると心が沈んで、プチ鬱のようになる。

そうすると、やる気も起きないし、人と話す気にもなれない。

悪いほうにばかり、考えが行ってしまう。

奥さんが面倒くさがっているんじゃないか？

うまい原稿が書けないんじゃないか？

そこで、原稿用紙が真っ白のまま、数時間が経つ。

1年11か月ぶりのつぶやき

今日は小島慶子さんの誕生日だった。

毎年忘れてしまっていたが、それなのに小島さんはボクの8月の誕生日に「おめでとう」と言って、プレゼントをくれていた。いや、忘れていない年もあったのだ。

けれど、何をプレゼントしていいのかわからなくて、結局、何も渡せなかった。

息子の誕生日の前日、実は覚えやすい誕生日なのだ。

今年は奥さんがしきりに「明日は祐太郎の誕生日」と騒いでいたので、前の日って何かあったなあと考えていたら、思い出した。

いまのボクの脳では奇跡的なことだ。

メールを送ろうとしたら、メールアドレスはTBSのものだった。

既に変わっている。長い間、眠っていたんだなあ、ボクは。

世のなか、こんなに変わってしまっている。さびしい。

だが、そうか！

ツイッターを通して、メッセージを送ればいいか……。思いついてからが、一苦労だった。奥さんがｉＰａｄを用意してくれたが、打っては消し、漢字変換もできやしない。相互フォローしていたはずなのに、小島さんのアカウントも探し出せない。そういえば、昔、アカウントがうまく開けなくて、新しいアカウントをつくった。自業自得だな。

苦労に苦労を重ねて、ようやく、おめでとうのメッセージが送れた。結局、小島さんのアカウントは水道橋博士を通じて探し出せたのだが、博士にもお世話になった気もしてくる。

どうやら1年11か月ぶりに復活したつぶやきだったようで、ずっと黙っていたボクをフォローしてくれていた方々がたくさんリツイートしてくれた。みなさん、ありがとう。

小島さんからは、すぐに返信をもらった。改めてフォローをしてくれて、ダイレクトメッセージをもらった。小島さん、ありがとう。

誕生日に思うこと

今日はボクの56歳の誕生日だった。

奥さんと娘が旅行に出かけていて、息子だけだったので、誕生日のことも忘れていた。

午前中に広島から、妹がきた。

奥さんがいないので、掃除をしてくれたり、着替えを手伝ってくれたりした。

その後、友人の羽柴重文がやってきた。

誕生日会をするという。

タクシーに乗ってレストランに行くと、大勢の人たちが誕生日を祝うために集まってくれていた。

驚いた。

暑い、暑い日だったので、ビールがうまい。

いや、みんなが集まってくれたから、ビールがうまいのだ。

何かわからないが、嬉しかった。

みんなが集まって、外でメシを食う。

いままで当たり前のことだったが、そんなことができることが、嬉しいのだ。

奥さんと娘も嬉しいだろう。なるべく家族に自由になってもらいたいと思っているので、その日、集まってくれた人たちには感謝している。

よい友人たちを持ったものだ。

やさしさに包まれたなら

彼とは、以前から親しかった。母の葬式に広島まできてくれたし、いろいろ調べてくれたり、酒を飲んだり……。とにかく、よく遊んでいたりしていたのだが、いまの自分と家族のように親しく付き合ってくれるとは思わなかった。誰がどう接してくれるか、わからないものだ。妻の友人たちも、しかり。親しいと思っていた人がそっぽを向いたり、やはりこの人がと思う人には、よく世話になったり……。

この人が？と思う人が、よく訪ねてくれたりするのは、驚く。

けれど、そういう人のやさしさは、心にも、身にも、沁《し》みる。

頼りすぎてはいけない、と思う。

けれど、自分の弱さが身に沁みるこの頃、人のやさしさは意外に満ちている。

意外に満ちているやさしさは、ボクの心に沁みる。

ただ会いにきてくれるだけでいいんだな、と実感する。

ありがとう。

声を出したい、歩きたい

カラオケで歌っている夢を見た。

声が出ないのだから、自分で歌っていて、驚いている。

なんだ歌えるじゃないか、と。何を気後れしていたのか、と思うほど声が出るのだ。

いままでしゃべれないと思って黙っていたのに、こんなになんだ、声が出る。

夢だったのかとがっかりしているが、次の日からボクはカラオケに行きたくて仕方ない。

もしかしたら、歌ならば声が出るんじゃないかと思っているからだ。

そして、もしかしたら、歩けるんじゃないかと思っているのが、水のなかだ。

プールのなかなら、スイスイ歩けるんじゃないかと、いつも思っている。

イメージトレーニングだ。

風呂のなかでは身体が軽くなって、ラクになる。

そんなとき、プールなら、歩けそうだといつも思っている。

この2つは、ぜひ試してみたい。ダメでも、練習あるのみだね。

さりげなく、が嬉しい

バリアフリー、ユニバーサルデザインというものを深く考えたことがなかった。

バリアフリーは車椅子のためだけでなく、背の小さい子ども、外国の言葉が通じない人、目の不自由な方、耳の不自由な方、いろいろなあるわけだ。

街で見かける点字ブロックやシャンプーのボトルにある点字、信号の音楽……。意識しないで使っているが、携帯電話のバイブレーターも耳の不自由な人には便利な機能だ。

ボクの場合、車椅子での移動になるから、ちょっとした段差が気になる。

よく行く「べこ亭」という焼き肉屋さんは、車椅子で行くと予約すると、入り口の段差に斜めのボードを渡しておいてくれる。以前はその段差で息子がよいしょと車椅子を持ち上げていたから、店の人がその部分をバリアフリーにしてくれたのだろう。

車椅子で行くほうもかなり気を使わないといけないが、店の人もさりげなく普通に食事ができるようにしてくれる。これはできそうで、なかなかできないサービスである。

さりげなく、というのがミソね。

聞いてみたいが、聞きたくない

前にも書いたような気もする。

だけど、ボクの身体がこうなって、家族はどうしているんだろう？

近くにいるのだから、どうしているんだろうと聞くまでもないのだが、奥さんは家にいて、ボクにほとんどつきあってくれている。それが日常になりつつあって、それがつらいのか、イヤなのか、何もわからない。つらそうにしていないしなあ、平気なのか？と思う。

息子はどうだ？

娘は？

みんなイヤそうではないのだが、気になる。

「すまないね」

なんて言ったこともないけど、こんな日常でいいのかと、心配してしまう。

突然、変わってしまった日常をどう思っているのか？

聞いてみたいが、聞きたくない。

馬鹿馬鹿しい

夏は暑い。

そう決まっているが、こんなに暑かったか？

ボクは夏でも長袖のワイシャツを着て、スーツ、蝶ネクタイというスタイルを貫いていた。

真夏でも、それでも何とか過ごしてきたのだが、今年は家のなかでアロハでいても暑い。

ベッドで寝ていたら、背中に汗がしたたり出てくる。

首にまとわりつく暑さだ。

水分が足りないとまで言われた。

健康なときに、こんなに水を飲んでいたか？

改めて思うと、健康なときに無意識でやっていたことを、意識を持ってやらなければいけないのは、なかなかたいへんなことだ。

意識して水を何cc飲んだとか、おしっこをどのぐらい出したとか、熱があるとか……。

馬鹿馬鹿しいことのように思える。

歩行訓練

脚を上げて、椅子の上に載せる。

椅子の背もたれの穴から足の先を出して、グニッと下げる。

左脚は動かないので、そのまま。水面のわずかな淀みを見逃すまいと目を凝らして、釣り竿を落としている釣り人のような気分だ。

左脚が釣り竿ね。

脚の先が、微妙に動く。

魚が釣れたか？

馬鹿な想像をして、尻の痛いのを一瞬、忘れる。釣りをしているのは、行ったこともない静かな池なのだが、森林のなかのその丸い池の端には、ボクが座るための古い木製の椅子が２脚、用意されている。

１脚は脚を載せるための椅子だ。

ズルッと落ちないように、脚を載せる。

愉快な一日

今日は、愉快だった。

よい一日だった。

秋葉原に出かけた。昔からの仕事仲間の友人が初音ミクというバーチャルアイドルのプロデュースをしていて、今回のイベントで最後かもしれないから、見に来てくれと言われたのだ。

ボクが病気の間に、初音ミクの人気はうなぎ登り。

時代の流れは速い。で、初音ミクはどうかというと、これまた3Dの映像の動きがなめらかで、まさしくそこにいるようだった。

ボクはそれよりも、周りにいる大ファンの男の人やレーザー光線や、頑張っている初音さんにジンときた。

頑張っている感じが、最近にない頑張りだったので、やっぱりいまの時代もそんなに捨てたものではないと思うのだ。

帰りのおまけは、神保町のランチョン。

ビアホール、洋食屋だ。
病気の前はラジオの後、小腹が減ったときによく立ち寄った。
ビールを飲み、ちょっとつまむ。
まあ、今日もそんな仕事帰りにランチョンに立ち寄った気分なのだ。
仕事仲間とビールを飲んで、軽くつまむ。
実に、愉快だ。途中から、アイスティーだったんだけどね。

夏の終わり

ある日の昼下がり、いままでうるさかったセミの声がしないのに、気づいた。
あんなにうるさく鳴いていたのに、まるでセミの声はしない。
まだまだ30度をくだらない、暑い昼下がりだ。
静かだった。
エアコンの音がかすかに部屋に響いていて、ボクは目を覚ました。
首に汗が伝わった。喉も渇いたが、じっとしていた。

ボクのベッドの前にある本棚には、サイバラの最新刊『とりあたま帝国─右も左も大集合！編─』という本が飾ってある。

最近、新刊の本を送っていただくと、表紙が見えるように飾っておいてくれる。

サイバラ、すごい勢いで新刊を出すな。

汗がまた、首を伝わる。

ボクは動けない。

なので、じっとしている。

その日、夜になって、「暑い、暑い」と言いながら、冷や奴などを食う。

そして、眠る。

夜中にまた、目が覚めると、奥さんが付けっぱなしにしていた深夜番組のテレビの音の後ろから、虫の音が聞こえた。

もう、秋になっていたのだ。

のんびり遺伝子

周りの人には少し申し訳ないけれど、言いたいことがある。

前にも書いたかもしれないが、ボクは何もわからないのではない。

みんなの言っていることは、理解しているつもりだ。

健常者に比べれば、ヘンなところがあるかもしれない。

だが、すぐに思っていることが話せないだけだ。

話したくても、言葉が出ない。

病気になった人間には一人ひとりに人格があって、当たり前のことだけど、生きている。

言葉は出なくても、しゃべれなくても、待っていてほしい。

待てない人は、早合点しないで、そのままにしておいてほしい。

先回りして何かを、「こうですよね！」なんて、勝手に決めてほしくない。

そんな感じでボクと接している人たちを見ていると、あきれるばかりでなく、おかしさまでこみ上げてくる。

やる気も、失せる。

じっと立ち止まって、見ていてほしい。

みんな忙しいから、そんな暇、ないんだろうけどね。

その点、うちの家族のヤツらはみんなのんびりした性格で、本当によかった。

息子と娘が子供の頃は、割り込まれるのを見て、どうなることかと心配したけど……。

いまは、ボクと奥さんののんびり遺伝子を受け継いでくれてよかったと思う。

息子の幼なじみ

『カスタマイズ・エブリデイ』という本が届いた。

息子の幼なじみが書いた本だ。

村上萌ちゃんという。萌ちゃんは、3歳の幼稚園から高校までエスカレーター式のM学園というところで、息子の祐太郎と一緒だった。

おもしろい女のコだ。

いまでは、ライフスタイルプロデューサーという肩書らしい。

萌ちゃんは息子の幼稚園の同級生のなかで、とくに仲良しだった男のコ数名と女のコ2人のグループにいた。

たしか8人のグループで、よく公園でおままごとをしていた。

男のコ4〜5人を並べて、萌ちゃんが「ハイ！」とてきぱきと雑草やタンポポを皿に入れた〝ごちそう〟を食べさせていた。

木登りをしても、先頭で登っていくのも、萌ちゃんだった。

どこの公園だったろうか？　ボクは息子を迎えに行って、隊長の萌ちゃんをほほえましく見ていた記憶がある。

最後に会ったのは、いつだったか？

高校の卒業式だったかな。

その後、ミス成蹊になったり、初代MISS FOREVER21 JAPANにもなったりして、活躍していた様子だ。

しかも、Jリーガーと結婚までしたらしい。

初めて本を出して、サインをしてくれて、ポストに入れてくれていた。

ハワイのプールで、大きな浮き輪にお尻をポコッとはめ込んで、プカプカ浮いていた萌ちゃんの姿は、昨日のことのようだ。

ボクの頭のなかの萌ちゃんは10歳くらいのままだけど、活躍を祈っている。

意外と単純で、かなり複雑

雨が降ると、頭が痛い。

自分の頭のなかがどうなっているのか、よくわからないが、再発しないかと心配になる。

最近、身体がよく動くようになった。

動くといっても、頭が少し前に倒せるようになったとか、そんなものだ。

けれど、ボクにとってはかなりの前進だ。

身体をおじぎするように前に倒せるということは、蕎麦やラーメンを啜《すす》ることができる。

原稿も読めるし、ご飯もこぼさない。

こんな少しのことができるようになるだけで、無限にできることが増えるのだ。人間の身体というのは、すごいものだ。よくできたもんだと、つくづく思う。

意外と単純で、かなり複雑なものだ。

病気だって病名がついているものなどわずかしかなくて、本当にわかっているものなど、あまりない。ボクの状態がこうですなんて、わかる医師もあまりいない。

けれど、頭蓋骨をはずして冷凍して、また付けるなんてことが簡単にできるほど、人間の身体は単純なのだ。

あるとき、急に身体が思いのままに動けても、おかしくないはずだ。

しゃべられるようになっても、不思議でもない。

そんな日を、待っている。

気分はもうエスパー

娘がトマトを食べている。

お茶漬けも、食べている。

それを横目で、じっと見る。

穴の空くほど見るというのは、このことだ。じっと見つめているから、本人がだいたい気がついて、「パパ、食べたいの？」と聞いてくれる。

ボクは、うなずく。

それがいまのボクのだいたいのコミュニケーションの取り方だ。

家族を見つめる。

これほどよく見たことはいままでないというほど、見つめる。

その人が食べているものをボクが食べたいとき、トイレに行きたいとき、その話に興味があるとき、いつもじっと見つめている。念力というものがあるというが、確かにそんな能力が人間にはあるのかも知れないと、最近、思った。

しゃべれないボクがじっと見つめて、これだけ通じるのだから、これも考えてみれば、一種の念力だ。病気になって、特殊能力が身についた、エスパーの気分だ。

どうせなら、この能力に磨きをかけたい。

もう一度……

ボクは取材記者というようなものをやっていた。

事件の取材をして、記事を書くのだ。

3・11の後、東北に取材に行ったときは、がれきの片付けをしている家族にも話を聞いた。

もともと家のあったところから遠く離れた場所から家族の写真が出てきて、たまたま知り合いが拾ってくれた話を聞いて、涙が出た。

昔、自分の誕生日に、オヤジ狩りという中年男性ばかりを狙った若者の犯罪を取材したときは、むなしい気持ちになった。同じくらいの年齢のオヤジが、息子同様の若者に滅多打ちにされて、わずかな小遣いをひったくられるのだ。

精神状態がぼろぼろになることも、しばしばだった。

感情移入してはいけないとは思っていても、事件というものはむなしいことが多いのだ。

ボクはいま、一昔前のそんな話を覚えていて、こうして原稿に書いているのに、いまさっき書いた原稿を読み返しても、自分が書いたかどうか、よく覚えていない。

だから、いまのボクに仕事での取材はむずかしいだろう。

取材して、歩いて歩いて稼いだ記事は、ボクにはもう書けないのかと思うと、さびしい。

誰かボクの脚と眼になり、現場を歩いて、見てきてほしい。

そして、ボクに、その話をしてほしい。

ただ、本当は自由に飛び回る脚と眼と頭脳がもう一度、ほしい。

できることならば……。

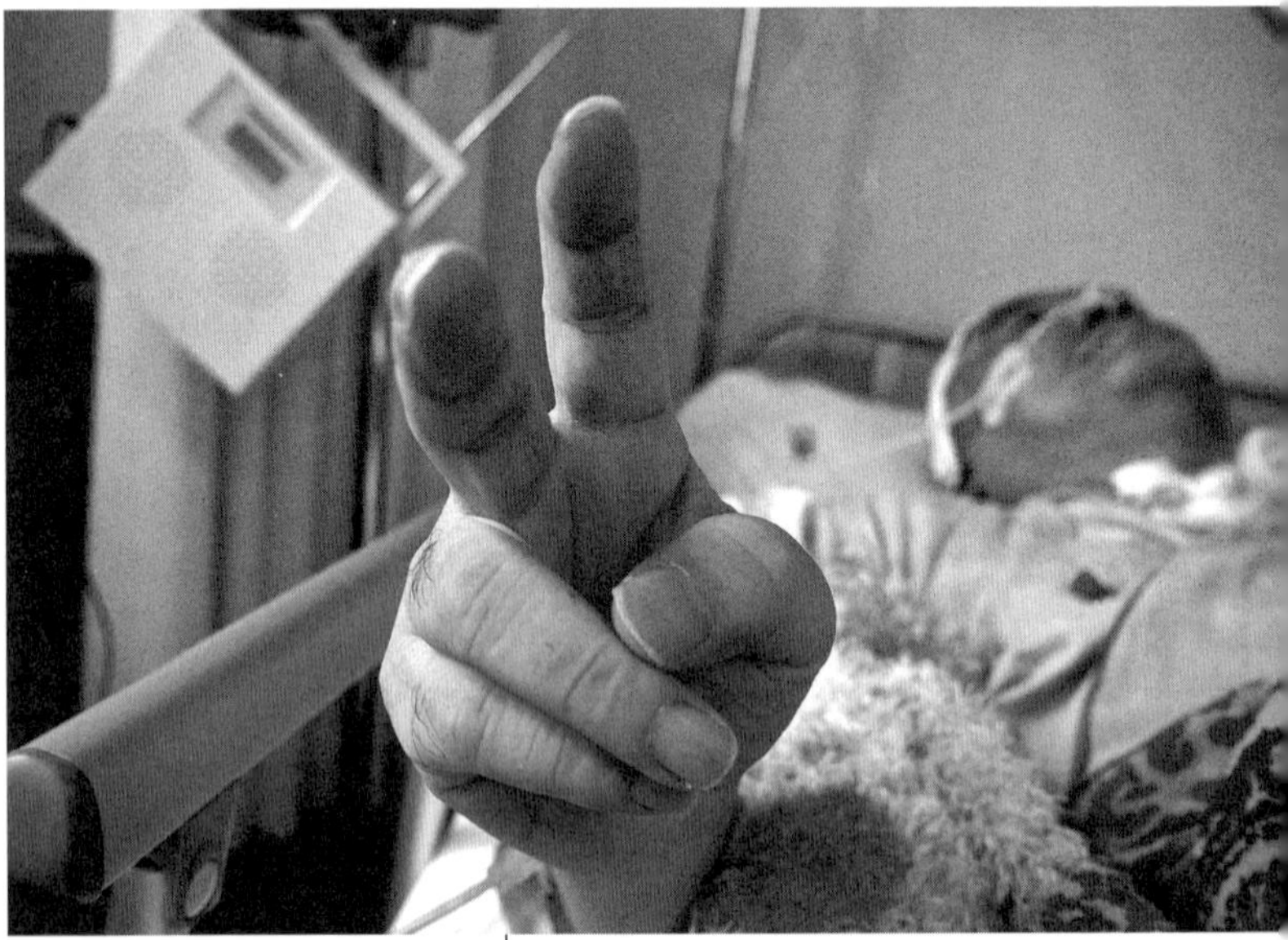

10月中旬、家族の言葉にやっと、うなずいたり、掌を握り返してくるようになってきた。2011年10月15日、長男・祐太郎はツイッターにこう記している。「父神足裕司について。先日頭蓋形成等の手術を終え、徐々に意識が戻りつつあります。ここまで来られたのも皆様のおかげです。本当にありがとうございます。今後はリハビリ病院への転院を目指し努力します。コラムニスト神足裕司の生還にはまだ時間がかかりますが、今後ともよろしくお願いします」。

第3章

過去からの呼び声

広島の母

広島の母はハイカラだった。

ボクが物心ついたときにはすでに洋装店「シャネル」の店主だった。

たくさん縫い子さんたちがいて、母は先生と呼ばれていた。

母は広島で賢いとされている女学校を出ていて、母の話には「あの人は同じ女学校じゃけね」とよく出ていた。

その言葉の裏には、「私は頭はいいのよ」という言葉が隠されていた。

そして、少しお嬢様だったという意味も含まれていた。

母はその女学校の勤労奉仕で工場に派遣されていたときに、原爆に遭った。

母の父、ボクの祖父は歩いて迎えに来てくれた。

帰り道には丸焦げの人や川に浮いた人がいて、まさしく地獄絵図だと言っていた。

母はあまり原爆のことを、ボクたち子どもには話さなかった。

けれど、東京生まれのボクの嫁さんと息子には話していたのを聞いたことがある。

息子の夏休みの宿題で原爆について調べていたときに、話し始めたのだ。

ボクのように広島の人間はそこに生まれただけで原爆のことを知っているものと思っていた。

けれど、東京もんは知らないと思っていたのだ。

現に奥さんは東京にいたら、こんな原爆の日がすごいかわからなかったという。

どうすごいかというと、広島では原爆の日は休みだし、総理大臣もくる。

世界中から人々がやってくる。

だから、ホテルも店も満員だ。

新聞の紙面も、原爆一色になる。

東京では、まさかそんなすごい行事だとは思ってないみたいだった。

市を挙げてだか、街を挙げての大イベントなのだ。

だから、母はそんな2人に向かって話す。

母は半径数km以内という中心地にいたので、被爆していることになる。

原爆手帳も持っていた。

そうなると、ボクは被爆二世。

「ピカ、当《あ》とうてるけんね。怖いもん、ないけんね」——そんな強気な母の話はつらい体験なのに、暗さはなかった。

シャネル洋装店は繁盛していた。

既製服が当たり前になったボクが大学に行った頃も、昔なじみのお得意さんが何人かいて、その人たちの服を趣味みたいにつくっていた。

昭和の後半、東京にいるボクに電話をかけてきた母が興奮気味に言ったのは……。

「シャネルから電話がかかってきたんよ。シャネルって名前、使っちゃいけんって言うんよ。もう30年つこうとるけんね。何をいまさら」

そう嬉しそうに、話すのだ。

母は女学校を出た終戦後まもなく、東京の文化服装学園という学校で洋裁を習った。

広島におしゃれな服をつくると評判だったシャネルという店を出していた。

シャネルだなんていったって、本物のシャネルを知っている人がどれだけ当時の広島にいたことだろう。

けれど、当時、シャネルという名前をつけた母はずいぶんハイカラだったんだな、と思う。

儚い息

母は丸くて、小さかった。

コロコロしていた。

おしゃれが好きで、食べるのも好きだった。

料理上手だと言われていたが、子供の頃は、そんなに料理をつくってくれた記憶はない。

母は広島赤十字・原爆病院の個室で息を引き取った。

その夏、ボクはアメリカに取材旅行に出ていた。

11日間の取材旅行。その間、母がもつだろうか？

口には出さなかったけど、みんなが心配していた。

奥さんと娘は広島の実家に泊まり込んで、父と毎日看病していた。

夜になると妹が来て、奥さんと代わって泊まったり、父が泊まったりしていた。

ボクは成田からそのまま広島空港に乗り継いで、病院に向かった。

「様子も落ち着いているから、もう帰ってもいいよ」

と妹が言うので、奥さんとボクは観音《かんおん》の実家に帰った。
母がいなくなったその家は、どことなく暗くて、夏なのに冷たかった。
布団を敷いて、風呂を久々にわかしていると、電話が鳴る。
「ママが危ない」
妹は叫んでいた。
クルマですぐに病院に戻ると、医師や看護婦さんに囲まれて、母は儚《はかな》い息をしていた。
人工呼吸をして、ボクたちを待っていてくれた。
「もうええやろ」
父は若い医師に声をかけた。
人工呼吸の音が止まると、母は息をしなくなった。
ボクは声を、かけられんかった。
何にも声を、かけられなかった。

チノパンが欲しかったから

12歳、13歳の頃のボクは、世の中を恨んでいた。

自分が貯めていた預金を、実の親父が使ってしまったからだ。

事業に失敗したせいだ。

それから、銀行なんて信用しない。

本当は、銀行なんて関係ないのだけど、安全だと思っていた銀行から、金が消えた。

たぶん、お年玉やら手伝いの駄賃、10万円くらい。

ボクにとっては、大金だった。

それで何でも買え、どこにでも行けると思っていたのだから、その空虚感は何とも言えないものだった。

親父も嫌いになった。

母さんを苦しませていたように思えて、ボクが妹と母さんを何とかしなくてはならないと思った。

次の日から、夜中から朝方、学校に行く前に土木作業のバイトをした。

中学生だったボクは４歳も年齢をさば読んで働いた。

一家を背負っている気になった。

10日間で4万円くらいになった。

けれど、それを母さんにボクは渡せなかった。

渡したいけど、渡せずにいた。

そして、ボクはそれでファッション誌とチノパンを買った。

しばらく、そのバイトをしていたが、年齢をさば読んでいることが見つかってしまって、辞めさせられた。

周りからは、こっぴどく叱られた。

母さんには、「チノパンが欲しかったから」とボクは言った。

中学、高校の頃

中高時代といっても、ろくなものでもない。

朝から晩まで、プールにいたからだ。

小学校のとき、平泳ぎで県大会でいい線までいった。

なので、修道中学校に入ってからは、水泳部と決めていた。

正月三が日を除いて、こけだらけのプールで泳いだ。

近くの比治山《ひじやま》まで走った。

毎日何kmも何kmも走って、うどんを食べた。

一杯50円だった。

その頃、父が事業に失敗してお金がなかったので、中学生だということを隠して、道路工事のアルバイトをした。

鍛えた身体は、このバイトには最適だった。

水球を始めたのは、広島にまだ戦後の雰囲気が残り、ごった返していた頃だった。

ボクは近所のアニキに水球を教わり、弟子になったつもりでいた。

だが、それは後で考えれば、誰でもできることだった。

修道中学、高校に入ってイヤというほど知ることになるが、趣味でちょっとおもしろくやる水球と、体育会で競う水球は、中学の昼休みの娯楽と、生活のかかった月曜から始まる昼間の労働くらいは違う。

「お前な、ナメンな。帽子の番号7番。1番、敵ゴールキーパーに近い」

私が教えられたのは、敵のバックスとキーパーからだった。

ゴールキーパーは赤の帽子をかぶり、番号は1だ。

水球チームは全員で7人。

番号は1~7番までで、8、9、10……は二番手だ。

しかし、いいチームなら、試合に出てない選手が、無駄なく動いている。

浪人時代

広島の浪人といって、朝、何時にどこで何があって、何時から何があるわけではない。

もし、こういう時間枠にしばられたければ、学校か塾へでも入るしかない。

そういう時間割はないほうがいいな、と考えたのが、私の始まりだったので、浪人になるや、時間割は捨てた。

人間にはそんな時間割がなくとも、たいがいは立派になれるだろうという、いい加減な自信があった。

人間は、数時間も放っておけば、クルマの溶けたタイヤのようなものになる。何か蒸気のようなものが、天空のどこかから降ってくるのではない。

人が欲してつくるものなのだ。

１００ｍ先のところでみたまんまそこへ水を飲みに行くためには、自分の体をそれだけ痛めつけねばならない。代償はその水ということになる。「痛み」「水」、いつも公平な取引にはならない。いつも公平なら、迷うこともない。

金持ちと貧乏がいるはずもないし、法律ができて、２人とも〝儲《もう》け〟を出してこない。

この文章のはじまりは、「お前、がんばったな」と褒《ほ》めてやってもいいのかなという自己満足にある。

しばらく考えたことのない満足感だ。

自分と無関係な若者を褒めたくなる若者は、イイじゃないか。

それが最近褒めたことのない、自分の子どもだとしても、それは知ったことではない。

ある年の暮れ

その暮れは、家に帰りたくなかった。

留年が決まったからだ。

うちは4人兄妹で、2人の義兄は頭がよかった。

長男は東京大学紛争の年で受験がなかったので、しかたなく京都大学に行った。子どもの頃から天才だといわれていて、広島の地元新聞にも何度か載った。

次男も理工系で国立を出た。

だから、ボクは一浪して私立に入り、また留年したなんて、なかなか言い出せなかった。

義兄たちが頭がいいという理由だけではない。

うちにはたぶん、そんなに経済的な余裕があるようには見えなかったからだ。

妹は広島の短大にまだ通っていた。

母は洋裁の先生と呼ばれていて、昔からのお得意様の服をつくっていた。一着つくるとどのくらいのお仕立代が入ったのかはわからないが、たいしたこともなかっただろう。

義父は大手石油会社に勤めていたが、賭けごとが好きだった。

それと、ボクは義父に遠慮していた。

自分だけ金食い虫で、バイトをしなければと、バイトをしすぎた。

それで、留年したのか？

いや、麻雀のしすぎだ。日吉の雀荘で、暮らしているのと同じくらい過ごしていた。

そんなことは、口が裂けても言えない。

だから、帰りたくなかった。

いまごろ、母は紅白を観て、得意げに美空ひばりを歌っているに違いない——新幹線に乗って広島駅に着いてしまったけれど、しばらくパチンコ屋に入ってみたり、友だちとラーメンを食べたりして過ごした。もう、することもない。

年が明ける午前0時くらいには、また今年も悪友たちと集まり、宮島に初詣でに行くのだが……。なんと小心者なボクだろう。

すき焼きの匂いのする玄関前に立って、深呼吸をした。

ガラガラと戸を開けた。

母はやっぱり歌っていた。

「遅かったねェ」

母は振り向いてボクを見ると、玄関に向かってきた。

「オレ、留年する」

「あ〜、そ〜ね。ちゃんと勉強せにゃ」

と、あっけらかんとしている。

部屋に入ると、義父も酒が入って、上機嫌。

「はよ、座んさい」

と酒をすすめる。

「おれ、留年になった」

もう一度言うと、

「知っとるよ。手紙、きとったからね」

なんだ、そうなのか……。

通知がきていたのか……。

新幹線を降りてから、途方もなく長い半日だった。

成り上がり

林真理子さんの『野心のすすめ』がベストセラーになっているらしい。

林さんが若かった頃、ボクも若かったわけだが、林さんはとても女のコらしい女のコだった。

ボクは林さんに花束なんかのプレゼントもした。

花束が大好きな、女のコらしい女のコだったからだ。

林さんがコピーライターとして売れ始めた頃、ボクはコピーライターの雑誌の編集を始めた。

だから、その時代に大人気のコピーライターの人たちによく会って、話をした。

糸井重里さん、仲畑貴志さん、林さん……。

彼らが語り合うのをいつも、聞いていた。

その時代で第一線で活躍している人の話を聞いているだけで、ボクは興奮していた。

とくに、目のキラキラした売れない林さんが、爆発的に売れるようになっていく様を横で見ていられた。

それは、他人のことだけど、その成り上がりにぞくぞくした。

そんな時代は、ボクにも売れるチャンスのあった時代だった。

ボクはそれから数年後に、ベストセラー『金魂巻《きんこんかん》』を出すことになる。

死は怖くない⁉

「死は怖くない。仕事ができなくなることのほうが怖い」

ボクは『オール讀物』の1998年8月号に、こう書いていた。

胃潰瘍で倒れたときのことだ。

いまは、その仕事ができなくなったときなのだ。

けれど、倒れたとき、死の淵を歩いていたとき、ボクは記憶できないので怖くなかった。

いまは諦めにも似た境地だから、怖さはない。

だが、どうだろう？

ボクの代わりに息子や娘、奥さんが怖い思いをしているんじゃないかと、ふっと思ったら、急に怖くなってきた。

いまの自分にできることは、怖くないふりをすることくらいかな。

ボクが怖がっていることを知ったら、よけいにみんな怖くなるからね。

ボクが眠っている間に

そこに生きているのに、将棋の棋盤と駒についてしか口にしないような棋士は、私は広く、人間と認めていない。

人間と認めさせるためには、勝って得意になったり、自分の地位が好転していることに自惚《うぬぼ》れたりせずに、周囲にもっと敏感でなければならない。

私自身は開けっぴろげで、閉じたところのない人間だが、将棋の取材になると、周囲から「何かの回し者では？」と不審がられたものだ。

ボクは少年時代から、知りたがりだった。

だから、いつでも他人は取材対象だ。

将棋の取材で何か疑われたのは、そのためかもしれない。

でも、永世棋聖の米長邦雄さんはボクにも気を使ってくれた。

いつも周りに気を使っていた。

そして、米長さんはいつもユーモアにあふれていた。

麻雀では同等の会話をしていたけれど、同等の場にいることが不思議なくらい、人間離れしていた。

仙人のような、柔らかな笑いをそなえていた。

ボクが眠っている間に、大切な人が亡くなっていた。

F岡氏のこと

いなげなヤツだ。

はじめて出会ったとき、そう思った。

いなげとは、広島弁ではダサいとか、ヘンだとかいう意味に使うが、それとはまた違う。奇怪だとか不思議なヤツ、妙なヤツという意味に近いだろうか。

F岡氏とは性格も何もかも違うように見えるが、何となく気があった。

同じ年には見えないが、同じ年生まれ。地方、しかも中国地方出身で、東京に生まれ育った奥さんがいる。子どもも、同じような年頃なのがいる。

まあ、そんな話はほとんどしたこともないが、境遇は似ていたのか。

約20年前、ボクは家を建てた。そのとき、巨大なローンを組んでやけくそになって、ついでに買ってしまおうと当時100万円ぐらいしたパソコンまで買った。

はじめて我が家にMａｃがやってきたのだ。

何に使おうか？　ワープロの代わりか？　ゲーム？

当時、パソコンで書いた原稿を、まだ電話のケーブルを使って送っていた。それだって、まだ原稿をとりに編集者が部屋で待っていたし、バイク便が原稿を取りに来るのが主流だった。

そんな原始的なデジタルの時代に、Ｆ岡氏が『ＥＹＥ-ＣＯＭ』という雑誌を立ち上げた。

ボクは、そこで原稿を書くことになったのだ。

Ｆ岡氏は、いつも目をキラキラさせていた。

Ｆ岡氏が持ってくるものは、ボクの目もキラキラさせた。

使い方がわからず、頭を悩ませた。

当時はすごいものができた、と感動したデジタルカメラも蓋《ふた》すら開けられずに悩んだ。

ＡＲＡ（Apple Talk Remote Access）やら何やら、本当にいろんな見たことも聞いたこともないようなものを、持ってきてくれたのだ。

ボクたちは少年に戻ったように驚いたり、ワクワクしたり、興奮したり、楽しかったな。

ボストンやフロリダ、ラスベガス……いろんなとこにも一緒に旅をした。

マックエキスポも行った。

スティーブ・ジョブズやビル・ゲイツに会いに行ったりした。

Ｆ岡氏が寝坊して飛行機に乗り遅れたり、ボクが料理を頼み過ぎて遅刻したりした。

日本料理の店を見つけて、「やっぱり日本料理やなあ」と飲んだくれてみたりした。そのたびに、同行の編集者たちの怒りを2人でかったりした。

そんな無駄に見えることをやっていたが、F岡氏はそれを実りあるものに変えていった。

そういえば、『週刊アスキー』編集部も普通の雑誌の編集部とは全然、違う。無駄なものが多い。南国に来たかと思うような観葉植物があったり、どこで見つけてきたのかわからない不思議なものが、たくさん置いてあったりした。

サンフランシスコで取材した、デジタル業界の事務所もそうだった。

サンドバッグが、部屋の真ん中にぶら下がっていた。

無駄だと思うものが、新しいなにかを生む力になっているんだろう。そんな不思議な住《す》み処《か》でF岡氏も、もう駄目だという場面から何度もよみがえって、いまがある。

ボクは彼の窮地に何ができたのだろう？

何もできなかったような気がする。

ボクが倒れたとき、どっかでいつものように飲んでいたに違いないF岡氏はニュースを聞きつけて、飲み屋から一番先に病院に駆けつけてくれたという。そういうヤツだ。

ボクの窮地を何回救ってくれただろうか？

ボクは死の淵から、そういうみんなの力でよみがえったのだと思う。

いまのボクは、自宅でリハビリ中。

まだ、頭も身体も半分以下しか、機能していない。

でも、なんだか最近、それでも頑張れるような気がしてきた。

こうして、原稿用紙にペンという昔ながらの格好で原稿を書くのも、20年ぶりで悪くもない。

けれど、来年あたりには、持ち歩くには大きすぎる愛用のノートブックで原稿が書けるようになっているようにしたい。

F岡氏は知らないうちに、なにやら立派な賞を獲《と》ったらしい。

まだおめでとうも言っていない。そんなもんだ。

おめでとう。

ボレロの花見

桜の咲く靖国神社で『愛と哀しみのボレロ』を踊ったものだった。

それがボクの花見だった。

桜を見ているのもそこそこ、酒も浴びるように飲む。

ボクのような体育会出身のものは、そんな芸のひとつやふたつ、持っているのは当たり前だ。

ボクの『ボレロ』は28歳くらいのときにさらに磨きがかかり、できあがった。

もちろん、何回もビデオを観て練習した。

凱旋門の上で踊っているのをイメージした。

腹筋が割れてひっこむ姿の腹回りが80㎝を超えた中年になっても頭のなかのイメージではそんな感じ。

今年は、リハビリのバスに乗って公園で花を見た。

何という変わりようだ。

昼の日差しのなかでの花見はまぶしすぎる。

ブラックとホワイト。

いまの花見はホワイト。

なんと健全なのだろう。

あのボレロの花見をもう一度。

みんなが年を取り過ぎて、集まれなくなる前にね。

義祖父のスーツ

前にも書いたが、母は広島でシャネルという洋裁店をやっていた。縫い子さんが十数人もいるような大きい洋裁店で、母は左手に針山を巻きメジャーでお客さんの寸法をテキパキ測っていた。

東京で勉強してきた、本場ものの最新の服をつくる母は人気者だった。その頃は珍しかった『ヴォーグ』や『ロフィセル』なんていうフランス直送の洋雑誌が、店にはゴロゴロ転がっていた。外国のモデルが最新の洋服を着た写真が、切り抜いてピン留めしてあったりした。そんな母の影響だろうか、ボクは高校になると『MENS　CULB』を隅から隅まで読んだ。

石津謙介さんのVANが憧れだった。

アイビールックにトレーナー、ボタンダウン、アーガイルのセーターやソックス。みんな石津さんが発していた新鮮な用語だった。それを真似るだけで飽き足らなくなっていたボクは、海外の雑誌で研究を重ねた。だが、その頃から密かに、洋服だけを身に着けても、ファッションは上手くいかないことに気が付いていた。

石津さんもやっぱり、言っていた。

「衣・食・住」仕事、遊びすべてを通して一つのファッションになるって。

若い頃のボクは本当の外国人にならなければ、と思っていた。

なれるわけはないのだけれど、本物を目指していた。

流行は追わなくていいのだ。

本物を探せばいい。

だけど、実際にはその頃のボクは、体育会系バリバリの外見だった。

おかしな話だ。

VANのダッフルコートも魅力的だったが、米軍放出のイギリスのGLOVERALLのダッフルコートを探しに探しまくって買った。当時かなり高価だった、たぶん広島では一番にGLOVERALL、いや、ダッフルコートを着たのはボクじゃないかと思っているくらいだ。

広島は戦後、米軍の放出品が手に入りやすかったのかもしれない。それからもピーターストームのオイルセーターや、Barbourのコートとか、穴が開くまで着ていたなあ。

そんな時代がちょっと過ぎた頃、出会ったのが、ジリー・クーパーの『クラース　イギリス人の階級』という本だった。ボクがやっていたことはまったく何だったのかわからなくなり、お手上げ状態になった。ただ、それ以前に、おかしさがこみあげてきた。

　わかっていた。

　イギリス人になんて、なれないことぐらい。

　この本には、イギリスは階級社会で、上流階級はチェック柄にしても家系で決まり、ファッションも階級によって違うと書いてあった。

　ボクは明治維新あたりの日本人のように、何でもかんでも取りいれようとしていた。

　もしかしたら、とっても恥ずかしいことをしていたのか？

　偽なんとかみたいに、イギリス人が見たら、笑えていたのか？

　そんなことを考えてみると、だいたい日本人が洋服を着てること自体、ヘンなことになるんだから、そんなことはないかもしれない。けれど、ボクにとっては戒めになった本だった。

　だから、いまも書棚にこの本はボクの青春の過程として、大事に置かれている。

　服飾史家の中野香織さんが書いた『スーツの神話』も印象に残っている。

　例えば、「本物のジェントルマンとは？」の項とかは、ヘビースモーカーだったボクにはうなずけるところが多かった。たばこを吸うことがチャーミングに見えるのは、「健康的で幸せな生活への無関心さ」→「気にしないこと」→「ものに動じない優雅さの外見」なのだ、とか、うなずけることが多かった。

2000年に初版が出てすぐ、ボクはこの本に出会った。

まず、プロローグから惹き込まれた。

スーツフリークについて触れているのだが、ボクの義祖父（妻の祖父）がまさしくスーツフリークで、銀座の有名なテーラーで数十万もするスーツを仕立てて着る人だった。

体格が同じようだったので、ボクはお古をたくさんもらって、着ていた。

最初に、義祖父のスーツを着たとき、幼い頃からそれまでしっくりこなかった何かが、パッと開ける思いがした。イギリス人の真似でも、アメリカ人の真似でもない、研究されつくした目に見えない細部までこだわってつくられているメイド・イン・ジャパンのスーツ。

しっくりした。合わないところは、その銀座のテーラーが直してくれた。義祖父が仕立ててからもう20年はゆうに経っているのに、そのスーツはボクのものになっていった。

その頃、パリに仕事で行った。

エルメスで初めてボウタイを購入して、その場で締めた。

エルメスの人にも、スーツを褒められた。

ロンシャン競馬場のパーティに出向いたら、同行のカメラマンはその場から締め出されたのだが、ボクは丁重に案内された。

ドレスコードがあったのだ。

ロンドンのサビルローにある有名な老舗でスーツを買ったときも、ジョンロブで靴をオーダーしたときも、スーツを褒められた。

そして、その後、出会った『スーツの神話』で、改めてそういうスーツの威力は本物だったと確信する。

だから、『スーツの神話』はいまでもボクのお守り的な本になっている。

義祖父のスーツもボロボロになってきたけれど、それを直し直し着るのが、スーツを愛している人の着こなし方だそうだ。

そうだ、今度、それを実践しよう。

そして、いつの日か……。

病気が治ったら、直したスーツを着て、ロンシャン競馬場のパーティに出席してみたい。

ロンドンへも、スーツや靴を買いに行きたい。

麻木久仁子さんのこと

麻木久仁子さんの声を、ラジオ番組で久しぶりに聞いた。

いや、テレビのクイズ番組でよく見ていた。賢い麻木さんは、クイズ番組になくてはならない人だ。でも、その麻木さんは、別人だった。

ボクの知っている麻木さんとは、違って見えた。

いや、ボクの知っている麻木さんなんて、100分の1くらいのものだろう。

だから、その100分の1の麻木さんとは別人だったのだ。

それはともかく、ラジオの麻木さんはボクの知っている麻木さんだった。

ボクが『TVクルーズ となりのパパイヤ』というワイドショーで初めてコメンテーターを務めたとき、麻木さんはそのワイドショーでたぶんはじめての総合司会だった。

コンビを組む司会は日替りで変わって、ボクの曜日は西城秀樹さんだったか？

西城さんは同じ広島生まれで、友人の友人が友人だ、みたいな親しみがあった。

麻木さんの司会は、たいしたものだった。

そのうち麻木さんは妊娠して、子どもを産んだ。同じ時期、ボクの家にも長女・文子が生まれた。〇子というように、女の子に〝子〟をつける名前は当時、珍しくなっていた。

麻木さんの子供は賀奈子、ボクの家の子供は文子。

「〝子〟がつく女の子は幸せになれるんですよね！」と話したのを、覚えている。

麻木さんもボクも病気をして、死の淵に立った。

だが、子どもがいるのだ。

まだまだ、頑張らなくてはいけない。

っていうか、書評のラジオ番組『麻木久仁子の週刊「ほんなび」』に、ボクは原稿を書いて送り、えのきどいちろう君と麻木さんに読んでもらったのだ。

何か、迫るようなものがある。何か、我慢しているような。

後で気づいたのだけど、泣いていたのかもしれない。

ボクの成り立ちがすこしだけわかる、本の紹介。

麻木さんとボクの人生が、その本でなぜかリンクした。

戦友をもう一人、見つけた。

まったく別世界の人間同士なんだけれどね。

再びF岡氏のこと

前にも書いたが、F岡氏という男がいる。

F岡氏は知り合いのなかでも、自分の好きな仕事ができている恵まれたヤツだ。

いま、この業界で自分が思うように仕事ができているのは、限られた人だけだと思うので、幸せ者である。以前、何となく境遇が似ているかもと書いて、失礼なことを書いたと後悔するが、中国地方から東京の大学に出てきて、東京生まれの奥さんをもらった。同じだ。

だが、彼は出版社に勤めている。

ボクはフリー。彼の奥さんはセレブ。

似ているといっても、ずいぶん違うのだけど、彼のやっていることは、ボクをいつも楽しませる。ずいぶん仕事は順調そうだが、ボクの見舞いにも、何か月かに1回はやってきてくれて、「いまはこんなのやってるよ」とか「これからはこれが流行よ」とか、そんな興味をそそるような話をして、帰る。

うちの家族もF岡氏の話を聞くのが、楽しみのようだ。

ある日、ひょんなことから、そのF岡氏が書いているブログ「飯田橋で健気に働く元編集チョの日記」なるものを開いて、読んだ。

親しくしてもなかなかブログなんて読んだことがなかったから、驚いた。

ボクが倒れて、見舞いにきてくれている間にも、F岡氏のお母さんが病気でたいへんなことになっていたのだ。介護というカテゴリで、何本も書いていた。

「トイレ、トイレ」と叫ぶお母さんに、慌《あわ》てるF岡氏。

その光景を考えるだけで、涙が出る。

あの母親が！という気持ちが、よくわかる。

病だから仕方ないが、自分は遠く離れていて、何もできない苦悩……。

そんななか、ボクの見舞いにもきてくれていたわけだ。

あいつは、立派なヤツだ。

新語・流行語大賞について

年の瀬に発表になる「ユーキャン新語・流行語大賞」は、日本のその年、一年間の生き様が詰まっている。

ボクが、いや、正確に言えば渡辺和博とタラコプロダクションが1984年に第一回新語・流行語大賞を受賞した。もう30年前ということになる。「まるきん」「まるび」、金持ちの「金」と貧乏の「ビ」を○で囲って「㊎」「Ⓑ」で、そう読んだ。

これが流行語部門の金賞をいただいたのだが、授賞式にはスポーツ新聞各紙が取材にきたのだけど、いまみたいなカメラの砲列はなかった。

小金持ちと小貧乏の人々の持ち物、服装、生活スタイル、人間関係など、こんなに違うと皮肉って『金魂巻』という本にした。

書いた本人も驚くほど売れた。ベストセラーだ。

本が売れたおかげで、ボクは元小金持ちのモデルでもあったいまの奥さんと結婚までできてしまった。ってことは、結婚も30年近く前のことか？

その年の新語部門の金賞は、ＮＨＫ朝の連続テレビ小説『おしん』の「オシンドローム」、銀賞はロッキード事件の田中角栄元首相に実刑判決がくだり、中曽根康弘首相が「倫理、リンリ」とまるで鈴虫が鳴いているようだと「鈴虫発言」。特別賞がトルコ大使館参事官の「特殊浴場」と浅田彰さんの「スキゾ・パラノ」だった。

そして、流行語部門の銀賞がＴＢＳテレビ金曜ドラマスタッフの「くれない族」、同賞がロサンゼルスを舞台に保険金殺人という仮説を記事にした『週刊文春』編集部の「疑惑」、特別賞が怪人21面相がお菓子などに青酸ソーダを入れた事件に対抗するため森永製菓が考え出した「千円パック」と所ジョージさんの「す・ご・い・で・す・ネッ」、ＴＢＳテレビの『スチュワーデス物語』での堀ちえみさんの名台詞《ゼリフ》「教官！」。

そうそうたる、受賞ワードだ。

この年はどうやら、新語・流行語の宝庫だったようだ。

それから数年経ち、ボクは『現代用語の基礎知識』の「社会風俗用語」というページを書かせてもらうようになる。さらにその数年後から、新語・流行語大賞の審査員までさせてもらった。恐れ多いことだ。

流行語と一口で言うが、実はこの賞が「マン・オブ・ザ・イヤー」的性格を持っていると常々思っている。まさしく、その年の顔なのである。

受賞者たちの生き様は、言葉よりはるかに強い。

ときには流行語の不作なんて言われた年もあったが、そんな年は日本に活気がなかったように思える。思い浮かべられる顔があまりない。

流行語が多い年は、活気がある。

今年で言えば、「オシンドローム」は「じぇじぇじぇ！」、「鈴虫発言」は「アベノミクス」、「す・ご・い・で・す・ネッ」は「今でしょ？」、「くれない族」は「10倍返しだ！」だろうか？

今年も流行語は盛りだくさん。ということは、日本も盛り上がったということだろう。

ただ、受賞した流行語も、役割を終えたら消えていく。

あんなに流行ったのに、次の年には新しい言葉が生まれていく。

まれに小当たりした流行語は、ボクたちが常に使う言葉として残っていたりする。

「リア充」なんていう言葉を聞いたときに、おじさんは額面通り「リアルな充実」と解説しそうになったけれど、女子大生は「彼氏のいることです」と言う。リアルが充実していないのは、彼氏がいなかったり、彼女がいなかったりすることなのだ。

もう流行始めて5年ほど経ったけれど、この「リア充」なんていう言葉はいまでは昔からある言葉のような存在になっている。

そんな言葉が、たくさんある。

消えていく言葉、生き残る言葉――それらはみんな、その年を照らしている。

実はその年を照らしているなんて、薄っぺらなもんでもなく、ある人の生き様だったり、ある人を窮地に押しやったり、輝きを倍に増す働きをしたり、目に見えないところで凝縮した何かをつくっている。

誰かがどこかで、全力投球した証しなのかもしれない。

内幕暴露ではないが、「今年の大賞はなぜ自分ではないか？」と意義を申し立てられる方もいた。

裏返せばそれほど新語・流行語大賞は世間で認められる賞になったということだ。

審査員たちは一般の審査員の方々からの意見を集計し、議論を重ね、さらに絞り込んだ60の言葉を議論する。

ボクが審査員を務めていた3年前までは、言葉に真剣に向き合う俵万智さん、『現代用語の基礎知識』編集長の清水均さん、何でもよく知っているやくみつるさん、それにボクと審査員長には故・藤本義一さん。でこぼこなメンバーが、それぞれ詳しいジャンルで意見を交わしていた。真剣に選んでいた。

責任重大な議論であったが、毎年、楽しかった。

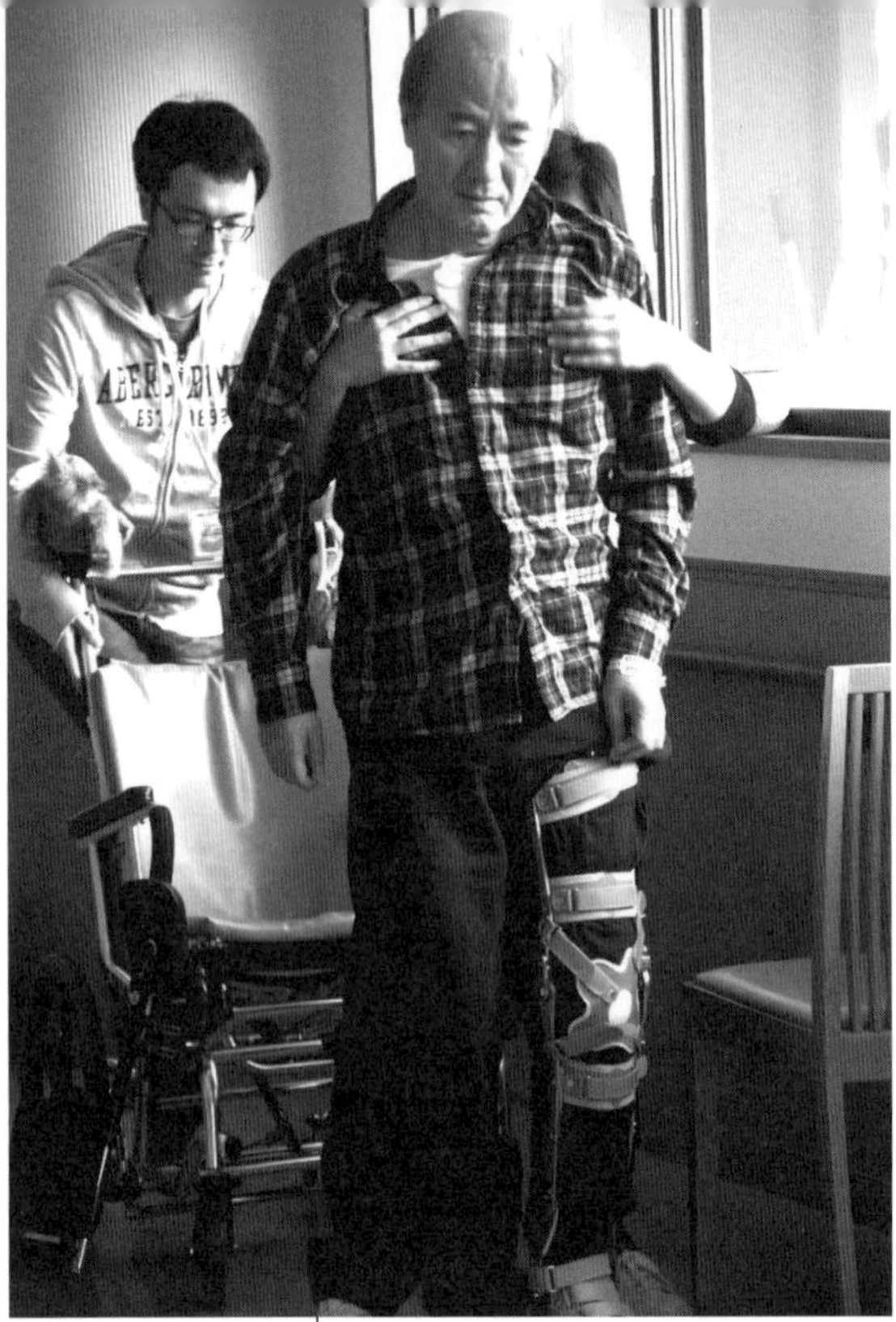

2011年11月23日、新横浜リハビリテーション病院に転院。転院の前日、見舞いに訪れた友人たちに、「みなさん　おみまい　ありがとう　もうすぐ元気になります」と書いている。この病院では左半身の麻痺の回復のため、理学、作業、言語聴覚療法など、365日態勢でリハビリが進められた。さらに2012年4月20日、東京慈恵会医科大学附属第三病院に転院。重度くも膜下出血は身体だけでなく、高次脳機能障害という後遺症を残した。その治療も受けるためだ。

第4章

コータリさんからの手紙

失われた記憶

手紙を書くことになった。

いまの状況を少し話すと、たぶんボクは1年くらい前、病に倒れた。

ＩＣＵに2か月近くいて、もう助からないと言われたらしい。

そのこともようやく最近、何だかわかってきた感じだ。

命が助かっても、記憶は戻らないと言われたらしい。

いまはどうか？

こうして書くことができること自体、すごいということらしいが、以前、書き留めた文章を読むと、何だか意味不明のことを書いている。

書いたことも覚えていない。

情けないような、そんな気持ちだが、書いていることがそのとき思っていることなんだとも思う。

この手紙も次に読んだとき、覚えているだろうか？

妹の名前も思い出せない日もあるのに……。

こんな病の人も、世の中にはたくさんいるだろう。

もしラジオを聴いている人がいたら、ボクに教えてほしい。


【妻・明子記】

台風が接近していた去年の9月3日。

広島からの飛行機でくも膜下出血で倒れ、羽田から緊急搬送され、そのまま手術。

ICUにいる間は、「どなたかお知らせしたほうがよい方は？」と、ドラマではないの、と思うようなシチュエーション。

その後、「助かっても、ご家族の顔もおわかりになるかどうか……」というほど、脳にダメージを受けていた。

意識が戻ったことも奇跡かと思うほどだが、先月、1年ぶりに退院してこれた。

1年を振り返ると、本当に奇跡の連続。多くの人たちに助けられ、励ましてもらい、いろいろなことができるようになった。

そのなかで、やはり物書き。書くことが一番得意だし、意欲もあるようだ。

今回のお話をいただいて、まだまだ療養中の身。こんな姿を、とも思いましたが、本人に聞いてみると、「やる！」と。強い意志を見せました。

「本当に？」

という問いにも、

「うん！」

とうなずきました。

これがいま、やりたいことなのだと、実感。

何ごとも、リハビリ。

ゆっくり前進して行ってくれればいいな、と思っています。

2012年9月25日火曜日

半分、サイボーグ

今週、ちょっとしたことで、入院してしまった。

1年前、空港で倒れて、救急車で運ばれた病院だ。

懐かしい気がする。

いろいろ吹き込まれているので、知らないのに、懐かしいように思える。

が、そのときのことは、まったく覚えていない。

きれいな看護婦さんや先生が、「元気になってよかったですね」と親しい人のように話しかける。

病気で入院したのにおかしいもんだが、その頃に比べたら、元気なんだろうな。

ボクの知らないうちに、元気でよかったとニコニコしてくれる人が増えていた。

そうした人のおかげで、いまのボクの身体があるんだろう。

半分、サイボーグみたいな……。

1年前、ボクを手術してくれた先生は優秀な先生だと友人から聞いていたので、どんなおじさんかと思っていたら、若くて、しかもかっこよいので、驚いた。


【妻・明子記】


このお手紙は、200字詰め原稿用紙1枚ちょっとですが、ここに至るまでに実はものすごい量の原稿を書いています。

それは、うまく書けないからというのもあるからかもしれませんが、いま自分がしなければいけないことという感じで、ものすごい集中力で書き続けています。

原稿用紙をテーブルの上に置いて、気がつけば、書いています。

お話をいただいてから、心のなかはこのことでいっぱいみたいです。

仕事が詰まって、締め切りが重なり、みたいなときだって、こんなピッチで書いている姿を見たことがありません。

どんなことを思い、どんなことを感じているのか、あまり表に出さないので、私たちもこの手紙で知ることだらけです。

リハビリ科の先生も、すごくいいことだとおっしゃっています。

顔つきが温厚なお爺さんから、仕事をしているキリッとした顔に、そのときは変わっています。

これで、脳のシナプスは100本以上、つながったと思います。

2012年10月3日水曜日

アトムとお茶の水博士

リハビリというのは、つらいワードだ。

唯一いいのは、活きのいい先生がやってくれることだ。

慈恵医大第三病院では吉田君、いまは福岡君。
その前もいたな。
みんな本当に若いが、自分自身のやり方を持っている。
実にこの先生方が頑張っているので、この国も安泰だ、捨てたものでもないと思う。
ボクはその先生たちによって動くメカみたいだ。
まるでアトムとお茶の水博士みたいな関係。
装具をつけて、カキ～～ン。
ダービーかレースにでも出られるくらいの勢いで椅子から出動だ。
ガシン！
パーツが飛びやしないか？
プログラムと身体が一致しない。
脚よ動け！
ひゅるるん～～～
脳がなにをイメージしているのか、動かない。
動け！

動け！

プログラムの停止。

起動停止。

そこに福岡君。

「はい、神足さん左脚ですよ」

すると、プログラムは正常に起動。

動かないはずの左脚が前に出る。

ガシ〜〜ン。


【妻・明子記】


調子の悪いときは脳が自発的にいろいろなことをやるということを忘れてしまうらしい。

嫌がっている様子もないが、イヤだという自発性もないのかもしれない。

身体が動かないというのは、本人にとってどんなものか？

もどかしいのではないか？

つらいのではないか？

いつも考える。

実際、初期の頃、自分の状況がわかってきて、毎日悲しそうな顔でただただベッドに横たわっているということもあった。

しかし、リハビリのすごいところは、繰り返し毎日やっていることでこれは、やることなんだな？と体が覚えていくところ。

リハビリを始めた頃は動かないはずの左脚はビクともしなかったのですが、先生が右脚の次は左、と言葉に発し、動かない左脚を後ろから押してくれ一歩を出す。

これを繰り返し、毎日毎日やっていくと、諦めていた左脚がいつの間にか前に出るようになっていました。

理学療法士さんの根気と探求心のすごさを、毎日感じています。

2012年10月13日土曜日

わかっていないふりをする

森繁久弥さんの晩年に取材したことがあった。

森繁さんの家で1時間近く取材しているのに、どうも話が噛《か》み合わない。

お年を召していてわからなくなってるのか?? 取材の本題に入っていこうとしているのに、
ボクのカバンから出したものを手にとったりして、

「あの〜これはおもしろいですねえ?」

「イギリスのものですか?」

「ボクがね〜、行ったときはねえ……」

なんて話し始め、どうも進まないのである。

それでもめげず、話し続けた。

どっちなんだ?

インチキくさい臭いもするぞ?

予定時間が過ぎようとして急に、

「今日は楽しかった。いい話が聞けました」

「では、ボクから話しましょうか?」

「あんたは気に入った」

と、いままではなんだったんだ?という感じで、スムーズにおもしろい話が聞けた。

50歳近くのボクをつかまえて「お若いもん」と呼び、「素人さんにはボクの芝居が見抜けないかと思ったが」と散々だったが、それから何度かお会いし、声をかけてくれるようにもなった。

ボクは、最近そのことをよく思い出す。

だいたいの人があまりしゃべらないボクを見て、「わかっていないんじゃない？」とそんな扱いをする。

ボクも森繁方式で、わかってないふりをする。

そのほうがおもしろいし、相手の人も傷つけないですむ。

面倒くさくもない。

けれど、慈恵医大第三病院の橋本弦太郎先生は違った。

わかってないかもしれないボクに必死で説明し、まっすぐボクを見ている。

信用してもいいような気がした。

ボクのことを理解してくれている、いい先生だと思った。

いまごろ森繁さんの気持ちがわかったような気がする。


【妻・明子記】

早朝ふっと気がつくと、パパは目を覚ましてベッドで天井を見つめている。

私はドキッとする。

「なんだ、起こしてくれればよかったのに」

私を起こす術がないのはわかっているのに、自分自身に言い訳するみたいにパパに話しかける。

パパは「うん」と、気にしなくていいよと言うみたいにうなずく。

「寒い?」

「トイレは?」

「喉、渇いた?」

矢継ぎ早に質問すると、喉が渇いたところでうなずく。

「そうか、喉が渇いていたのか……失敗、失敗!」

どれだけパパの気持ちに近づけるか、それが目下の課題です。

ちなみに話せないわけではないのです。

たまにしか話さないのだと思うのです。

なぜだか……。

2012年10月21日日曜日

右手の甲のシワ

いま、ペンを握る右手の甲のシワを数えて、驚いた。

こんなに長く文字を書く予定だったか？

ボクはいったい何歳になったんだろう？

奥さんと知り合ったのは、まだボクが学生だった頃。

原稿を持っていった編集部に、新人の編集の女のコだった奥さんがいたのだ。

ボクが知る限りの編集の女の人とはずいぶん雰囲気が違った。

いわば、何も知らない女のコがひとりで大丈夫？という感じの女のコだったが、編集長がおもしろがって巻頭の特集ページを任せ、しかも彼女はヒットを続けていた。

何年か経つとフリーになって、広告の仕事でも活躍するようになった。

で、ボクはずっと結婚しようと言い続けていた。

奥さんは結婚して子どもが生まれると「両方はできない！」ときっぱり仕事はやめた。

周りは「えっ？」と驚いたが、今度は育児を楽しんでやっているように見えた。

それから25年が経って、久々に奥さんが原稿を書いている姿を見た。

ボクはあれからずっと原稿を書き続けていた。

奥さんはどんな気持ちだったのかと、シワを見て思った。


【妻・明子記】

今週はとっても原稿を書くのに悩んでいたようで、ペンをもって止まっている時間が長かったです。家事をして戻ってきても、一向に進んでいない様子です。

書いたものも、うまく書けていないみたい。

万事休す、と思っていた月曜日の昼。

自分の手を凝視しているので見てみると、パパの手の甲がしわしわになっていました。

いつからなったの？　気付かなかった。

2人で驚きました。パパの手の甲をマジマジみることなんて、この20年くらいなかったけれど、とにかく驚きました。

ハンドクリームをパパの手に塗りました。

車椅子を庭に向け、秋の晴天の空を見て、2人でお茶をするという結婚以来、あまりなかったお昼間の時間を経験しました。

その後、ようやく原稿は生まれました。

２０１２年10月29日月曜日

本が家を侵食していく愉しみ

以前は本屋には、週に2回は必ず行っていた。

家のなかも本だらけ。

本に埋もれて生活していたと言ってもいい。

そんななかで育ったので、子ども２人も遊園地に行くみたいに幼いころから本屋に行きたがった。

またまた、本だらけ。

ボクは片づけがきらいだから、この仕事は書斎、この仕事はリビング、この仕事は和室、と資料と山積みの本が、それぞれの机の回りを固める。

どんどん本が家のなかを侵食していった。

奥さんが掃除をすると、どこに何があるかわからなくなるから、機嫌が悪くなった。

掃除はしないでくれ。

めちゃくちゃな話だ。

ボクが入院から帰ってきたら、家の本が半分ぐらいになっていた。

書庫にしまったらしい。

うちじゃないみたいだった。

この前、退院してはじめて本屋に行った。

買った本は、控えめに3冊。

また、本が家を侵食していくのが楽しみだ。


【妻・明子記】


1年の入院生活を終え、家に帰ってきて1か月を過ぎようとしています。

「初めての外出、どこに行きたい？」

と聞くと間髪いれずに、「本屋」と答えました。

そうだよね〜。息子と3人、さっそく本屋さんに向かいました。

クルマでちょっと行った、大きい本屋さんまで足を延ばしました。

車椅子用の駐車場をはじめて使い、エレベーターも何回かやり過ごして乗り、ようやく本屋さんにたどり着きました。

着いたとたんパパはニコニコ顔になり、あちこちのコーナーで平積みになっている本を物色していました。

1年ぶりだから、チェックしなくてはならない本がいっぱいあったのだと思います。

1時間あまりいましたが、もっといたいのに……そんな顔のパパを半ば強制的に、「今日はもう帰ろ」と言って帰宅の途につきました。

2012年10月30日水曜日

藤本義一さんと流行語大賞のこと

藤本義一さんが亡くなった。

藤本さんとは十数年来この時期になると、必ず仕事でご一緒した。

流行語大賞。

藤本さんが審査委員長で、ボクなんかが審査委員。

ボクは秋の声が聞こえてくると、「もうやばい！」と『現代用語の基礎知識』の「流行語・

新語」の原稿を書き始めたものだった。

で、審査会議や投票を藤本さんたちと重ね、12月の流行語大賞の発表となる。

藤本さんは本当に物識《ものし》りで、しかもてらったところもなく、人をイヤな気持ちにさせない人だった。

大賞発表にボクが最後に関わったのは一昨年、日ハムに入団の決まった斎藤佑樹投手が流行語大賞の候補にあがって会場まで来ていたときだった。

義父はえのきどさん同様、熱狂的な日ハムファンで、斎藤選手に会いたくて、はじめてボクの仕事場にやってきた。

藤本さんは「お父さんこちらに呼んでさしあげたら？」と、本当に細かいところまで気が付く人だった。

今年はどんな流行語があるのかな？

ワイドショーを観ていたら、自然と涙が出てきた。

【妻・明子記】

藤本さんが亡くなったとＹａｈｏｏ！ニュースで速報が流れたので、パパに伝えました。

「弔電だして」

あまりにはっきりした声で答えたので、こちらがびっくりしました。

パパは仕事関係と家族に一線をひいていたようなとこがあったので、父がどこからか情報を仕入れ、斎藤選手に会いたいと言ってきても、パパはいい顔をしていませんでした。

「来ても遠くから見るだけかもしれませんよ」と。

藤本さんや、やくさんが気を使ってくださり、その日は父も大満足で帰っていったと聞いています。

２０１２年11月２日金曜日

男の友情について

立て続けに外食をした。

以前は毎日が外食のような生活だったが、久々なことだった。

１日目は奥さんの親しい人たち。

奥さんが楽しそうにしているので、それでいい。

次の日に、仕事仲間が集まった。

この日のみやげも、広島のお好み焼きや広島の地方新聞。

つぼをこころえてるメンバーだ。

この1年いろんな人たちがお見舞いに来てくれたり、励ましてくれたりもした。

いつでも仕事に戻れるようにと、席を用意してくれたり、えのきど君のように声をかけてくれたり……。

本当はえのきど君に君などつける呼び方はしてないし、えのきど君もボクを神足さんなんて呼んだりはしない。

だから、なんとなく他人行儀である。

えのきど君のことを手紙に書こうと何回も思っているけれど、書けない。

ちょっとよそいきな感じだからかな。

まあ、それはさておき、そんな仕事仲間がこんなに近くにいて、大切な存在だとは気がつかないで過ごしてきた。

男の友情も捨てたもんじゃないぞ。

一回の会食で、しみじみ感じるのであった。

と、いうことで、えのきど君ありがとう。

【妻・明子記】


人に恵まれている、というのはこういうことなんだなあ、とつくづく思う1年でした。

パパが外でなにをしているかあまり知らなかったのですが、本当にいろいろな方に支えられて、愛されて、過ごしてきたのだなあと実感します。

えのきどさんもおっしゃってくださいましたが、「近くにいるからね」「手は離さないからね」とそんなやさしさに包まれています。

現実は厳しく、つらかったり、悲しかったり、迷いっぱなしですが、寄り添ってくださっている友人の力はそれを上回ります。

絶大な力です。

本当にありがとうございます。

2012年11月13日火曜日

義理の父

今日は義理の父について話したいと思う。

ボクがＩＣＵにいたとき、家族がいろんな意味で心細く思っていたら、「文子は大学に出るまで、責任を持っておじいちゃんが面倒をみるから心配するな」とボクの奥さんに言ったらしい。

集まっていた親族一同、「さすがおじいちゃん！　頼りになる」と話していたという。そのぐらい、ボクの状態は緊迫してということだろうけど……。

先日話したように義父は熱狂的な日ハムファンだ。

広島出身のボクはもちろん広島ファン。

息子はポンセ、佐々木投手時代に幼少期だった。

横浜ファンだ。

だから、最初のうちは東京ドームにも誘われていたが、行かなくなった。かろうじて、いま高校生の娘・文子が友達と連れ立って行く。

日ハムが勝てば、東京ドームホテルの食事つきだ。

娘いわく、「おじいちゃんのとこに若い女の人やいろんな人が挨拶に来て楽しそうだったよ」とのこと。とにかくキャンプから始まって、昭和9年生まれの義父は日ハムのスケジュールで動いているといっても過言ではない。

そのためにパソコンも覚え、情報収集に余念がない。

いまでは自分の会社の人に、日ハムの追っかけの管理業務を兼任してもらっているぐらいだ。

１９４７年以来、当時、東急フライヤーズという名前の球団からのファン。

日ハムを真剣に愛している。

年季が入っている。

いまでは、ボクよりも元気な義父だ。

いつまでも元気で日ハムファンを元気に続けてほしいと願っている。

来シーズン、オープン戦に一緒に行けるように頑張るつもりだ。


【妻・明子記】


先日、えのきどさんのお手紙に父のことを書いてから、詳しく日ハムファンのことをもう一度、と思ったらしいのですが、情報不足。私が気を利かせて父にアンケートしたのですが、お手紙を書くのには必要なかったみたいです。

娘がドームに行くと、父も嬉しいのでしょう。

「これ、孫！」と、みんなに紹介するそうです。

結婚前の父と母のデートは駒澤球場で応援だったそうですので、ずいぶん長い間、家族もおじいちゃんの応援にお供していたのですね。

えのきどさんとは、どこかで遭遇していたかもしれませんね。

そしてパパの近況。

先日、区役所の方が門から玄関までの階段にエレベーターをつける検査にいらっしゃいました。

「はい、万歳してみてください」

と言われ、パパはいままで一度もしたことがなかった左手を上にあげました。

私はびっくり!!

「あげられるの?」

渾身《こんしん》の力を振り絞ったようです。

キツネにつままれたみたいでした。

それ以降、残念ながら左手をあげることはないのですが、どうやら能力はかなり温存しているようです。

2012年11月18日日曜日

2人、孤島にいる気分

　フュルフュルっと落ちた。

　車椅子に座っていたはずのボクは、気が付いたら、床に尻もちをついていた。かろうじて、頭が車椅子の座席あたりに寄りかかって止まっている。

　どうしたんだろ?

　なんで落ちちゃったんだろ?

　自分でもよくわからない。

　部屋にいて、振り返った奥さんが異常に驚いている。

「どうしちゃったの??」

　1オクターブは声があがっている。

　それからが、大変だった。

　奥さんがボクを起こそうとしても、持ちあがらない。

「ベッドにつかまって!」

「ここを持って！」
散々試したが、どれも無理。
しまいには、床にごろんと寝転んでしまった。
まず、奥さんは寒いだろうと、マットレスを持ってきて、ボクを引きずって寝かせた。
それすら、大変だ。
しばらくあ〜でもない、こ〜でもないをやったけど、ボクは床の上でマグロ状態だ。
こんな都会の真ん中で、2人、孤島にいる気分である。
隣の家の新築工事のおじさんが歩いている気配を、窓の外に感じる。
「あの人に頼んだらどうだろう？」
と奥さんは真剣にいう。
もうどうしょうもないな……。
で、ここまで読んでどう思いました？
なんと2人は、ゲラゲラ笑い始めたのです。
ボクは床のマットレス、奥さんは息を切らせてボクのベッドで休憩。
奥さんの真剣さに思わずボクが噴き出し、奥さんもそれにつられて大笑い。

しばらくこのまま、昼寝でもしよう。

あきらめかけたとき、77歳になる義母が帰ってきた。

ほんのちょっと押さえてもらったら、嘘のように身体が上がった。


【妻・明子記】


退院してとくに最近、いろんなことができるようになっていたので、動けないパパを感じて驚きました。そうだった、パパは身体が自由でないんだった。

わかっていたはずですが、にっちもさっちもいかないというのは、このことだなという非常事態でした。ベッドから車椅子へ、というのはパパも協力してくれて簡単に移動できるようになってきていたので、ショックでした。

まだ若い（？）私でも、どうにもならないのに、お年寄りはどうしているんだろう？

どうやって家で過ごしているんだろう？

と心配になりました。

しかし、こんなアクシデントはありますが、実際は呑気《のんき》な毎日です。

楽天的で、その場を楽しめる2人でよかったと思っています。

２０１２年11月26日月曜日

トイレに行けるということ

今週はトイレの改修が完成した。

いままでのトイレは、ドアも狭くて、しかも段差もあって車椅子では入れない。

手すりもないので、支えてくれるものもなかった。

退院するときに、ボクが一番信頼している橋本弦太郎先生がプランをかなり念入りに立ててくれた。

その頃のボクに最善なプランで、何回も練り直された代物だ。

それに、トイレ改修は含まれていなかった。

もちろん、そんなことができるなんて誰も思ってなかったからだ。

しかし、嬉しい誤算でボクはたった2か月前の退院時よりは身体が動くようになっていた。

なのでまた、プランを立て直さなければならない。

トイレもまさか行けるなんて思ってなかったのだ、実際。

奥さんがトイレに行かせたいと周りのブレーンに伝えたときは、みんな「ええ‼」と驚いたそうだ。

けれど、ボクを抱きかかえて2、３歩歩かなければ便器には座れない。

そんな不便なトイレに奥さんや、息子、高校生の娘までが連れて行ってくれた。

どうしても改修すると、奥さんが言った。

そりゃ、そうだな。

奥さんが相談したのは橋本先生とフランスベッドの眞崎さん。

眞崎さんは介護用ベッドや車椅子やらをボクにあったものに考えてくれる担当だ。

その人が奥さんのきっと天然なおかしな提案を工務店の久保田さんと形にしてくれた。

トイレに座った。

トイレに行けることが、こんなに嬉しいことだと思わなかった。


【妻・明子記】

退院してからも、車椅子が用途によってこういうものがいいとか、玄関の上がり框《かまち》はどうのとか、新しい課題がどんどん増えてきます。

パパのために最善はこうとか、介護する側がラクになる方法とか……。

そこに予算とかが加わり、関わってくれているたくさんのメンバーの経験値や、意見。

一つの課題でも大変です。

そこで私が決断するのですが、たまにそんな経験値をお持ちの皆様が「え⁇」というお顔をされてるのがわかります。

「そうなんですね、普通はしないのね、こういうこと」

でも、私はもっとパパがよくなることを信じているし、「実際よくなっているでしょ?」と心のなかで思っています。

いままではこういう大切なことはパパが決めていてくれてたのになあ、と思いつつ、「私もやればできるじゃない?」と奮い立たせます。

まだ3年は諦めないでいきますよ〜。

3年というのも根拠はないのですが、もっとよくなることを信じて……。

しかしながら、ケアマネージャーさん、リハビリの方、福祉用具の方、ヘルパーさん、先生や看護師さん、薬剤師さん……パパ1人に十数人のグループ神足――いろいろな方に囲まれて支えられて、過ごしております。

2012年12月3日月曜日

新しい何かが始まる予感

『週刊アスキー』前編集長のF岡氏がうちにやってきた。

倒れてから1年ちょっと、何回お見舞いにきてくれたことか……。

ボクはあまりしゃべらないので、一方的にF岡氏が話すことになる。

うちの奥さんも口下手なので、「………」と変な間があく。

ボクはそんな2人の光景を見て、おかしくなる。

2人ともボクのもっとも親しい人で、気の置けないヤツらなのだが、その2人がなんとなく困っている。

気の置けないヤツといるということは、なにも気を使わずたいした話もしないでもなんでもないということだ。

ボクにとっては両方ともそういう人だけど、その2人がそうとは限らない。

当たり前だけど……。

それはさておき、ボクはそのF岡氏のつくった『週刊アスキー』という雑誌で長年、連載をしていた。

倒れてからもF岡氏が代打ちしてくれて、連載の名前を維持していてくれた。

『週刊アスキー』の15周年記念号をもってその連載が終わることになった。

最後の号をボクが書くという名誉を与えてくれた。

久々のコラム。

いろいろ、本当にいろいろ考えたコラムになった。

そして、これまた長年の仲間がこのラジオを聴いて、新しいことを考えてきてくれた。

仕事まではまだ先が長いが、新しい何かが始まる予感だ。


【妻・明子記】


このラジオのコーナーを聴いてくださっている方が、周りにもたくさんいらっしゃることを知って驚いています。

そして、感謝。パパの連載していた雑誌の読者の方々から「ラジオ、聴いてみたよ」と報告があったり、ラジオのリスナーの方から励ましのメッセージが届いたり、もう何年も会ってない私の友だちからもラジオを聴いたと連絡があったり……。

本当に、ありがとうございます。

わが家では毎日毎日、同じことをしているだけのようですが、パパの周りはよくも悪くも目まぐるしく変わっていきます。

健康で外で働いていたときはそんな流れの中にいたので、変化にもそう気付きもしなかったのですが、世の中というのはこんなに変わっていくのか……部屋のなかから眺めています。

そんな流れのなかから、たまに新鮮な空気を届けてくれる仲間は、パパにとって宝物です。先日もF岡さんが「これはまだ誰も気がついていない話だよ、これから10年先まで、これ一本で食べていける話」という壮大な情報を披露して帰っていかれました。

そうやってこの２人は昔からワクワクしながら、目を輝かせていろいろな話をしていたんだなあと、横でお話を聞きながら思いました。

言葉は少ないですが、熱いものを感じました。

２０１２年12月11日火曜日

神足裕司家の正月

街がクリスマスで賑《にぎ》わう頃になると、ここ数年は日本橋の三越やその向かいにある木屋、東京駅の丸善とお決まりのコースに向かった。

正月の準備をするためだ。

母が生きているときは、広島で子どもの頃からの正月料理を食べていた。

雑煮は丸餅。かつおで出汁をとり、ぶりと牡蠣と紅白の蒲鉾が上品に入っている。

柚子《ゆず》は庭からもいできたものを、糸のような千切りにする。

最後に三つ葉を椀にのせる。いま思えば、セリのように香りが強かったような気がする。

おせち料理は、黒豆、御煮しめ、数の子、かまぼこ、なます、などなど。

あと必ず、牛ひれ肉のかたまりを煮て、薄くスライスしたものが別皿でついた。

広島の実家の正月だ。

両親が亡くなって、広島で正月を迎えることもなくなった。

この川崎の家で、神足裕司家の正月が始まったわけだ。

で、ボクは丸善でおせちの料理本を買い、三越や木屋で野菜の型抜きやらうらごし機を買ったりした。

富澤商店で、黒豆とかの材料を買って帰った。

近くのスーパーで柚子や三つ葉も買う。

仕込みに数日間、かかった。

栗きんとんに黒豆、御煮しめ、毎年1品ずつレパートリーを増やした。

結婚してから長年、母の助手をしていた奥さんは、ボクの助手を完璧にこなした。

今年は息子が代わってやると言う。

ボクが助手だ。

この数年、ボクがやってきたものを受け継いでいるだろうか？

暮れが楽しみである。


【妻・明子記】

9月にパパが倒れた昨年の暮れ。

病院との往復で心にも身体にも余裕がなく、クリスマスもお正月も関係なく過ぎてしまうんだろうなと思っていました。

クリスマスを迎えると、パパの仕事仲間が可愛いクリスマスツリーを病室に持ってきてくださいました。

当日は違う友人がケーキ。病室で小さな、小さなクリスマスパーティです。

30日。面会時間最後までいた夜の帰り道。

「やっぱりボクがお節をつくろうと思う」

と息子。

「え？　いまから？」

24時間のスーパーに寄り、材料を購入。栗きんとんをつくってくれました。

元日の朝にはその栗きんとん、蒲鉾などが並び、丸餅で広島風のお雑煮もいただきました。病院には内緒でパパにも栗きんとんを持って行って、食べてもらいました。

ささやかなクリスマスとお正月。

嬉しくて、涙が流れました。

今年は栗きんとんのほかにも、なにか2人で作ってくれるそうです。

2012年12月19日水曜日

いいことしか書かない

えのきどさん、川瀬さん、短い間でしたがありがとう。

この3か月、原稿を書く機会を与えてくれて感謝です。

ボクの身体はもうよくならないのか、まだよくなるのかわからないし、原稿が昔のようと褒めてくれるが、朝書いた原稿も覚えていない。

覚えていないどころか、一体その時何を思ってこの文書を書いていたかも意味不明ということもよくある。

ただ、書いてあるという事実があるので読み直すことができる。

そして、書き足す。

いまのところは、そんなパズルみたいな書き方で原稿ができあがる。

できあがっても、またそれを忘れているかもしれない。

奥さんが隠れて泣いていたり、ボクが動かない身体にジレンマを感じたり、つらいなあ、という毎日のことのほうがたくさんある。

けれど、このラジオの手紙を書いてみて思ったのだが、いいことや、家族で楽しめること、笑えることがこんなにあるんだと気がついた。

いいことしか書かないからね、実際。

いいことを探せた3か月でした。

なので、感謝。

『水曜Ｗａｎｔｅｄ‼』、面白かった。

リスナーのみなさん、応援ありがとう。

ディレクターの阿部千聡ちゃんも、ありがとう。


【妻・明子記】


本当にあっという間の3か月でした。

最初は本当に書けるのかなあ、というほど意味不明な文章でした。

お出しできるお手紙にするまでは、２００字詰め原稿用紙30枚ぐらい書いていました。

何回か書いているうちに、「頭のどこかがつながったのに違いない！」と思うほどスラスラ書いてみたり……。

そんな繰り返しで長い文章も書けるようになりました。

病院でも文章や手紙を書いていましたが、やはり締め切りがある原稿は身も引き締まるのでしょう。

脳が訓練されていくのが、横にいて見えるようでした。

仏様のように邪心のない顔で見つめられると、このままよくわからないときがあってもそのほうが本人がつらくないんじゃないかとか、いろいろ考えていました。

どっちが幸せなのかな？　と。

でも、このお手紙を通してやっぱりパパは仕事をしたいんだなと、その強い意欲を感じました。

これからも、頑張ってサポートしていきたいと思います。

ありがとうございました。

２０１２年12月25日火曜日

この章は２０１２年10月３日～12月26日にＯＡされた『Ｗａｎｔｅｄ!!』水曜（えのきどいちろう、川瀬良子）のコーナー企画「コータリさんからの手紙」に寄せられた神足夫妻の手紙を加筆・修正、再構成したものです。

2012年9月1日、退院。周囲は介護施設への入所を勧めたが、家族の強い意見で自宅介護となった。だが、５段階ある要介護認定で要介護度５。生活全般にわたって、全面的、苛酷な介護が必要とされる。そのため、外階段を上った先にある玄関には車椅子を吊り上げて運ぶためのリフトが取り付けるなど、介護リフォームを施していった——ただ、自宅のほうが精神的に落ち着くのか、目に見えて回復していった。この章のように、仕事も徐々に再開した。

第5章

広島！自分を取り戻すための場所

広島魂

ボクは広島市の中心地にほど近い場所にある、広島市立袋町小学校を卒業した。

10年くらい前に建て替わり、以前からの昭和的重々しさは消えたのが残念だが、存在感はまだ大丈夫である。

広島市中区袋町は都会的なカープファンを育てながら、海風からの塩気まじりの荒っぽさを加えたカープコールで「おんどりゃー」なこころを涵養《かんよう》するところである。

ここで、みんな一流のカープファンに育つのだ。

そして、この袋町小学校は原爆が落とされたとき、みんなの連絡場所にもなった。

焼け残った壁には「野村タツ子江」「日高憲之介」「安佐郡安村」「古市橋西詰」「木本力□方」「明○○命ニ移転ス又ハ当校ニナルカモシレマセンヨロシクオネガイイタシマス」「情　多山本店内」「河本房子　右者御存知ノ方ハ左記ニ御知セアリタシ　呉市駅前　増岡内　河原章□　〃本通一四丁目　河本□□」……など一面びっしりに書かれていた。

2000年に建て替えのために校舎を解体していたら、漆喰《しっくい》や黒板の裏から当時の壁が出てきたのだ。

それらを含め被爆した西校舎の一部が平和資料館として保存してあるのだが、ボクは取材で通い慣れたこの小学校を訪れた。

小学校は新しい建物ではあったが、ボクの通った校舎とそう変わらなく見えた。

広島というのは、そういうものである。

どんなに新しくしても、広島くささは残る。

どんなに新しい文化が入ってきても、独自の文化がある。

広島は広島であって、大阪でも、東京でも、福岡でもない。

当たり前のことだけど、広島の色はかなり強い。

なので、広島顔というのも当然、生まれている。

テレビを観ていても、「ああ、この人は広島の人だな」とすぐわかる。

ボクのように広島生まれでなくても、東京で生まれ育ったボクの息子や娘も「広島の人だね」とわかるくらいだ。

亀井静香のような四角い顔も、広島顔。

ボクも、それに属する。

もう一方は、細長い広島顔。

結局、四角いのは母から、細長いのは父から、という具合にみんな広島顔なのだ。

広島には2～3系統しか先祖がいないのではないかというほど、つながっている。

要するに、血が濃いのだろうか？

ボクの活動力

故郷というと、皆さんは何を思い出されるだろうか？

ボクの故郷は、幼い頃に自分の庭のようにしていた本通り（広島本通商店街）だったり、家の前の古本屋だったりする。

自分の家の食堂のように利用していた、酔心本店やむさし本通り店、広島アンデルセン、ひろしま国際ホテル。袋町小学校に向かう道……ひろしま国際ホテルの横に自宅があったこともあって、目をつぶるとあの辺りが一番に思い浮かぶ。

大学進学で広島を離れ、東京で仕事を始めた。

だが、縁あって、中国放送のラジオ、テレビ番組の仕事をいただけた。

それまでは年に2～3回、帰郷していたが、週1回帰ることが許されたのだ。

この仕事ではいままで、そんなふうに広島を見たことがなかったという場面に毎回、遭遇した。地域の工業や農業、漁業、いろいろな企業に取材させていただき、問題点も発見したり、広島発の新しいかたちの企業など元気な広島に触れて、自分自身も奮い立たされた。

東京にいるからこそ感じられる広島のよさ、問題点を感じることができたのだ。

広島で生活していた高校までよりも、東京で過ごした時間のほうが長くなったいま、第二の故郷・東京で踏ん張っているが、ボクにはいつも大きな広島がある。

広島の元気は、ボクの活動力である。

帰りたくなったよ

広島のテレビ局、中国放送の人たちが家に来た。

プロデューサーの八尋智仁君、キャスターの池田秀昭君、岡佳奈さん。倒れる前、ボクが出演していた中国放送の経済情報番組『ＲＣＣプロジェクトＥタウン』のメンバーだ。

いま、ボクはこの番組の名誉顧問を務めていることになっているが、こういう顔ぶれが並ぶと、いま現在でない気がする。

あの頃、また違う闘いをしていた。

大学受験前の広島にいるような、おかしな感覚だ。高校生に戻ったような気分。不思議なことに血中のアドレナリン量が、高校時代に近くなっているような気がする。

やっぱりなあ。広島弁を聞いただけで、血が騒ぐのだろう。

こんなに安心した気分になることも、珍しい。

広島に行きたくなった。

さあ、うまいものをたくさん食べるぞ。

元気が湧いた。

仕事をしよう。

恩に報いなければならない

中国放送から、手紙が届いた。

いまボクは、倒れる前にキャスターを務めていた経済情報番組『ＲＣＣプロジェクトＥタウン』の名誉顧問ということになっている。

手紙には、秋の改編でボクの名前をはずしたいと書いてあった。

よくぞこれまで、待っていてくれたと思う。

本当に、ありがたい話だった。

２年近く、ボクの席を空けて、待ってくれていたということだ。

帰れるかわからない、いや、帰れないだろうと思っていても、ボクを待っていてくれた。

この移り変わりの激しい世界で、奇跡的というべき話だ。

ボクはその恩に報いなければならない。

９月に広島に帰って、「いままでありがとう」と挨拶するつもりだった。

このあたりかなと思っていたのだ。

だが、何だかちょうど、タイミングが合ってしまった。

本来は、ボクから「もう十分です」と言わなければならなかった。

恩返しは、こうして文章を書いて、頑張っている姿を見てもらうことだろう。

そして、次には何か、本当に何かできるといいと思う。

ただ、中国放送以外にも、倒れてからボクはたくさんの方々から恩を受けている。

みんなに恩返しをしないといけないから、たいへんだ。

広島に帰れば……

広島に帰ることが決まった。

二人の友人と妹たち、中国放送の人たち……迎える人たちがたくさんいて、嬉しい。

しばらく行けなかったので、忘れられているのではないかとか、心配していた。

昔、自分が宇宙人かエスパーかなにかと思っていた時代を過ごした広島だ。

広島は、いつも自分を元気にさせてくれた。

広島に帰れなくなったら、自分というものがなくなってしまったようで、生まれてきたことも否定されているかのようだ。

友人たちは怒ってはいないだろうか？

「どないしたんや？」

と、どやされそうだ。

はやく帰って、確かめたい。

はやく帰って、自分を取り戻したいと思っている。

広島の近代社会をつくった誰かのように、ボクをつくった街だから、きっといまのボクも再生してくれるだろう。

広島効果

久しぶりに、長い原稿を書いた。

ちょっと前まで原稿を書くときは、短い文章しか書けなくて、1時間前に書いた原稿の内容を忘れてしまっていたらしいから（奥さんいわく）、ずいぶん進歩したものだ。

最近、思うのだが、感情というか、思っていることを他人に伝えなければいけないという気持ちに少しなっている。

以前は伝えることが常に面倒で、自分の気持ちなんてどうでもよくなっていた。

広島に帰ることはボクの小さな目標だったし、希望だった。

広島に帰って、みんなの顔を見られて、自分を少し取り戻したような気もした。

今日は、さびしい。

もう広島に帰れないかな、とも思うし、この本を書き終えたら、みんなにも会えなくなるのかなあなんて、〝最後〟を感じてしまうのだ。

世間から取り残される孤独。

時代から取り残される焦り。

自分が元に戻りつつあるいまは、現実が見えてきて、焦るのだ。

収入は？

生活は？

すべてが不安になる。

甘えてばかりはいられないだろう。

この不安は、声に出しては言えない。

大切な友人

〝ゴクドー〟という友だちがいる。

漢字で書くとちょっと怖い感じになる、あの〝ゴクドー〟だ。

あだ名は〝ゴクドー〟だけど、ゴクドー君はもっとも善良なる市民なのだ。

ゴクドー君との出会いは、お互い10歳のときだ。

別々の小学校に通っていたボクたちは、サッカーの試合で対戦して、初めて出会った。

ゴクドー君はめいっぱい日焼けしていて、ペレみたいだった。

その年で、強力なヘッディングと美しいハーフボレーを身につけていた。

強いヤツだ、と思った。

ゴクドー君は、ボクが中学受験した学校にいた。

ボクは中学に入った当時から、目立っていた、いわゆる不良グループみたいなヤツらとつるんでいたが、ゴクドー君は真面目だった。

だけど、ゴクドー君とは何だか気が合った。

その頃、つけたのが〝ゴクドー〟というあだ名だ。

面構えから、ずっとそんなあだ名で呼ばれている。

ゴクドー君は、50歳を過ぎても独身だった。

独身だったこともあって、広島に帰省するたびに、ボクの家族とご飯を食べたりしていたので、うちの奥さんとも仲がよかった。

それで、ボクが倒れてICUにいるときも、広島から毎日、電話をくれたそうだ。

「ドブは目を覚ましましたか？」

毎日毎日、「いえ、まだです」とうちの奥さん。

ボクが緊急手術を受けているときも、そんな電話をしていたらしい。

そういうやりとりをしている2人の光景が、目に浮かぶ。

そんなある日、ゴクドー君は「こんなときに本当に申し訳ないんですが、ボクは真剣にお付き合いしている人がいるんです」と奥さんに言ったらしい。

奥さんは、死の淵から「エッ？」と急に戻らされたみたいで嬉しかったと、話す。

で、ゴクドー君はとても美人な奥さんと知らないうちに結婚した。

ボクははやくゴクドー君の奥さんに会いたいのだけど、まだ会わせてもらっていない。

彼はボクの大切な友人の一人だ。

ゴクドー君の結婚

ゴクドー君と会った。

ゴクドー君とは、中学、高校の同級生でボクの親友の山田純史のことだ。

悪いことをしているヤツのような感じがするだろうが、広島仲間では「ゴク」と発したら「ドー」と続けるのが、「阿《あ》」「吽《うん》」の呼吸になっている。

ゴクドー君は、いつものように恥ずかしげに右手を「ヤッ」と控えめに上げて、はにかんで笑う。中学の頃から変わらない。

ボクが病気の間に結婚したらしいが、ゴクドー君はボクも結婚式にきてもらうと息巻いていたと奥さんが話しているけれど、結婚式の話は覚えていない。

ボクはゴクドー君が「結婚する」という話を、何回も聞いていた。

だから、今回も本当に結婚なんかするわけがないと、思っていたのかもしれない。

それが、本当に結婚してしまったのだ。

ゴクドー君は広島の中心地にたくさんビルを持っている金持ちの息子で、ずっとひとりものだったから、サラリーマン時代に相当、貯め込んでいた。

金持ちだ。

奥さんは10歳以上年下の超美人だという。

今回、広島で奥さんに会えるのだと思っていたが、会わせてもらえなかった。

出し惜しみするなよ。

いや、ゴクドー君のことだから、何か事情があったに違いない。

ボクに会わせないなんて、どうしたことかということだ。

その超美人と本当に結婚したのか？

そこから、もう謎だ。

先輩たちは怖いけど……

島根から、新米が届いた。

能美育朗さんという修道高校水球部の先輩からだ。

能美先輩はもちろん、怖い先輩だったわけだけど、ボクは水球部の先輩たちには、本当によくかわいがってもらった。

中学の頃から、インターハイについていったボクは、かなり年上の先輩にも世話になった。

大学時代も、社会人になっても、よく飲みに連れていってもらった。

岩原先輩に小川先輩、馬場先輩、木原先輩……まだまだ、たくさんいる。

怖い先輩も、一緒にいるといつの日にか落ち着く空間ができていたが、やっぱり話すときは敬語だし、ピシッとしてしまう。

この学生時代の上下関係は、絶対なのだ。

ボクを心配してくれて、能美先輩は米を送ってくれた。

広島に帰ったとき、ほかの先輩たちはボクが楽しく過ごせるような仲間を集めてくれた。

もう40年くらい前の上下関係は、いまでも健在なのだ。

広島人の力

先日、久しぶりに広島に行った。病気になってから、はじめてだ。

そのとき、ＭＡＺＤＡ Ｚｏｏｍ－Ｚｏｏｍスタジアム広島に行った。

前田健太が投げて、巨人に圧勝した。

10対１だった。

客席が真っ赤に染まって、波のように揺れていた。

大きな歓声が、やっぱり波のように寄せては返ってきた。

それは、ボクの胸にずんと響いた。

ボクの身体のエネルギーは、満タンになった。


ボクの生まれた昭和32年に旧広島市民球場はできた。

広島の人間にとっては、なくてはならない存在だった。

ど～んと市内の中心地に存在感バリバリで立っていた。

それがＪＲ貨物ヤード跡地に移転することになって、「ホンマに新球場の建設は進むんかいな」と当初、心配もしていた。

日本人のほとんどが巨人ファンだった昔、よくぞ広島にカープがあった――その歴史は買えないから、絶対にカープをなくしちゃダメだ！

そんなことまで考える移転だった。

広島には強い武器があった。

「地元」「地域」って故郷を思う気持ちが強いことだ。

それをエネルギーにして、２００４年から新球場建設のための「たる募金」もした。

そして、２００９年４月、広島のみんなの力で立派な「ＭＡＺＤＡ Ｚｏｏｍ‐Ｚｏｏｍスタジアム広島」はできた。

新しい広島市民球場は、そんな広島人の力の結晶だ。

だから、そろそろ今年あたりAクラス入りしても、当然なのだ。

もちろん、広島ファンはクライマックスシリーズで大逆転、日本シリーズで戦っている姿を夢みている。

リーグ戦１位になって日本シリーズというよりも、広島らしい方法かもしれない。

ピカ、当とうてるけんね。

怖いもん、ないけんね。

ど根性なのだ。

ワッショイ！

ヒロシマ、わが愛〜Hiroshima mon amour〜

広島に帰ってきた。

１年余りの入院生活を経て、自宅で療養するようになって１年。

あっという間だった。

動かない左脚を動かして、歩けるようになるなんてどうでもいいように思えていたから、リハビリ病院では、劣等生だった。

それから、慈恵医大第三病院に移って、主治医の橋本先生と理学療法士の吉田先生に出会った。この若い2人は、いつもニコニコしていた。

で、世間話をした。

話をしたというか、あちらがいつもニコニコ話しかけていただけだけど……。

ボクはやる気がなく、だらだらとしたリハビリをこなしていたのだけど、気がつけば、その二人やスタッフの人たちと家族と友だちたちが、いつでもニコニコして近くにいたのだ。

家族や友だちは、そのときに限ったことではない。

発病後、片時も離れず、近くで笑っていた。

そう、気がつけば、いつも……。

何となく、そんな人たちのため、頑張ってみようかという気持ちになっていった。

劣等生は卒業。少しやってみようか、という気持ちになっていった。

で、ボクも笑うことが増えた。

お見舞いにきてくれる人たちとも、ようやく向き合えた。

しかし、それからまもなく、退院。

退院してしまうと、また新しい人たちと、新しい態勢を築かなくてはならなかった。

早口で一通りのことを話して行く人たち。

私の義務はあなたに話すことで終わったからね、と通り過ぎて行くだけの説明。

また、元どおりだ。

マンネリ、だ。

やる気も失《う》せた。

動かない身体を持てあまして、諦めモードにもなった。

ずっと、眠りたかった。

眠って、目が覚めなければいいと思った。

思い出せない記憶も、ここまで出かかってしゃべれない言葉も、動かない脚も、すべてがもどかしかった。

もう、おしまいにしよう。

眠ろう。

奥さんや息子、娘が、いつも元気にしていて、唯一それが救いだ。

ヤツらがいなかったらとっくに諦めていただろう。

ただ、自宅に帰ってきて、新しいスタッフでまた気の合う良い人たちにも恵まれたと思えるように、最近、ようやくなってきた。

揺れ動く自分。

頑張ってみようか?

今日は一日中ベッドにいようか?

何かしっくりこない日常だった。

やっとやっと、そんなしっくりしない毎日でも、それが日常になっていた。


そんなある日、前にも書いたが、広島から親しくしてたテレビ局のプロデューサーとアナウンサー2人が、お見舞いにやってきた。

いつもの変わりない、広島の顔だった。

その顔をみた瞬間、思った。

そうだ、広島に行こう。

何か大切な日常を忘れていたとすれば、広島に行くことだ。

そのことで、思い出せるかもしれない……。

ボクはこの20年弱、毎週毎週、中国放送のラジオ番組、テレビ番組に出演するために広島に帰っていた。

そうだ、広島に行けば、自分を取り戻せるのではないかと思った。

そして、大切なことをしなくてはならないと思ったのだ。

ボクにはその頃、３つの目標ができていた。

広島に帰ること、カラオケに行くこと、プールで泳ぐこと。

馬鹿馬鹿しいかもしれないが、ボクにとっては重大なことだった。

広島に帰ることで自分を取り戻せるんじゃないかという思い――しゃべれないボクなのに、カラオケならば歌えるかもしれないというヘンな自信だ。

水泳も、歩けない自分であるのに水のなかではスイスイ進むことができるんではないかと、夢みていた。

それをやってみようじゃないか！

それに、実はその広島からの3人は、重大な報せを持ってボクのところにやってきたのではないか、と考えていた。

広島で10年以上続いている、ボクが担当していた番組『Eタウン』。

発病してからも2年間、ボクの席を空けて待っていてくれた。

ボクのほうから「いままでありがとう」と言わなければならなかったのだ。

広島から来た3人につらい思いをさせてしまったと、後悔した。

何といっても、大切な人たちだ。

そんな役回りをさせてしまった自分が、不甲斐《ふがい》なかった。


ボクは「いままでありがとう」と広島のみんなに伝えなければいけないと思い、「広島に行く」と奥さんに話した。

いや、実際は話せないのだから、以心伝心でテレパシーで伝えた。

奥さんも家族のみんなも、それがよいと前から思っていたみたいだった。

広島はボクの故郷で、親戚や、めちゃめちゃなことをしてしまって、まだ謝っていない旧友や、懐かしい同級生や、水球の先輩、仕事仲間がいる。

たくさんの人たちに、心配をかけた。

挨拶に行かなければならない。

ただ、ボクの身体は、まだ思うように動かない。

左手、左脚は不自由だし、寝返りも打てないし、起き上がることもできない。

昨日のことも、忘れてしまうこともある。

それに奥さんに言わせれば、「どこかにパパの心は出かけていってしまっていることもある」という。


我が家では神足Ａと神足Ｂがいることになっている。

何を考えているかわからない、もうひとりの世界があるそうだ。

そのＡとＢがひとつになれば、ボクの脳は完治するのかもしれないが……。

なので、広島に行くといっても、一苦労だ。

近くに食事にいくことでさえ面倒なこともあるのに、広島まで本当に行けるのか？

車椅子で新幹線？

あちらの移動は？

考えればきりがない。

だが、奥さんがうまくやってくれるだろう。


広島出発当日の朝は、台風が近づいていて、大雨。

最悪のコンディションだった。

介護タクシーで、新横浜駅まで出る。

はじめて使ったタクシーはとても親切だった。

悪戦苦闘で家から出るボクたちを、助けてくれた。

どうにかこうにか、新横浜駅にたどり着く。

今度は改札で駅員さんに出迎えられ、車椅子を新幹線のホームへ。そして、新幹線のなかでは、車掌さんが待ち受けてくれている。

何という連携プレー!

新幹線は予約時点で車椅子を使用するむね、書類に記入する。

座席も車椅子専用の11号車の12Bを予約。11号車の12列は3列シートのひと座席分がなく、そこに車椅子が取り付けられるベルトが付いている。

もちろん、12Ｂがボクの席。付き添いは基本、隣の12Ａだ。

ボクが移動するのには、本当に多くの人に世話にならなければならない。

座席に座ったと同時に、車内アナウンスがあった。暴風雨のため、新横浜・小田原間で新幹線は止まってしまった。

復旧の見込みは未定。

ボクたちは（家族４人と同行のカメラマン、編集者、友人など、何と合計８人の大所帯になった今回の旅）、駅弁を食べながら風雨がやむのを待っていた。

ボクは広島行きが近づくと、子どもが遠足を楽しみにしているように、ワクワクした。まるでそこに行けば、すべて自分が元どおりの身体になれるんじゃないかと、そんな想像すらしていた。

そんなわけないのにね。

けれど、自分の立てた小さな目標が、いままさに実現するのだ。

何でもないことのように思えるかもしれないが、ボクは先に何かがあるような気がして、ワクワクしていた。

息子も娘も奥さんも、同じ気持ちだったに違いない。

これは目標の終点ではなく、何かの扉を開けるんだったね。

その広島に向かう新幹線が、スタート地点で止まってしまっている。

もはや、ここまでか……。

いや、いつまででも待つよ、ようやくここまで来たんだから。

そんな気持ちだった。


新幹線は無事動きだし、12Aと12Bの座席をつなげて横になって寝てみたり、車椅子に座り直したり、バリアフリーのトイレに行ったり、尻の痛いのをどうにかごまかし、広島駅に1時間半遅れで着いた。

ついに、着いたのだ。

広島駅には中国放送のプロデューサー、八尋智仁君が介護用レンタカーを借りて、待っていてくれた。

会った瞬間から、昔からの広島に戻った。

何もかもが、戻った気がした。

ボクが車椅子に乗っている以外はね。


広島に帰ると、数人の知人に伝えた。

そして、広島で何をしたいか聞かれた。

新しい広島市民球場を見たかった。

旧《ふる》い友人に会いたかった。

中国放送の仕事仲間のみんなに、ありがとうと伝えたかった。

仕事仲間のみんなと、カラオケに行きたかった。

水球部の先輩に会いたかった。

毎週のように通っていた、流川で飲みたかった。

地元に帰りたかったのだ。

もう二度と帰れないかもしれないと思っていた、広島に……。

３泊４日のスケジュールは、あっという間に埋まった。

１日目は野球を大好きな橋本先生が、赴任先の鳥取から駆けつけてくれるし、八尋君とも一緒だ。妹夫婦にも会う。

夜は中学・高校の同級生とお好み焼き「越田」に行き、さらに2次会だ。

次の日は取材もあり、中国放送のスタッフと会い、カラオケにも行く。

3日目は中国放送の幹部のみなさまにご挨拶、その後、宮島に行ってから、おばさんにも会いに行く。夜は流川で水球部の先輩たちと飲む。

いや、こなせないほど、スケジュールが詰まっている。

ボクは忙しかった。

けれど、嬉しかったのだ。

まさしく、盆と正月が一度にきたようだった。


2日目の夜、ボクはカラオケスナック・ルート66にいた。

気の置けない仲間と、ママのルーシーがいる。

いつもの声が聞こえてくる。

いつもの歌声、笑い声が聞こえる。

『Eタウン』の戦友、岡佳奈アナウンサーが「ハナミズキ」を歌い始めた。

ボクにもマイクが回ってきた。

デュエットだ。
話せないはずのボクが、歌っていた。
ボクの声が、マイクに伝わる。
一瞬、みんなが静かになってボクを見た。
けれど、すぐに大騒ぎのいつものコール。
周りで踊るヤツもいる。

長い夢を、見ていたようだ。
ボクはいま、歌っている。
奥さんが、泣いていた。
息子と娘が、笑っている。
みんなが、笑っている。
ようやく、ボクは何かの扉を開いた。
広島の地で……。
そして、３つの目標のうち、２つも叶《かな》えてしまった。

2013年9月15日、2年ぶりの帰郷。行きつけのカラオケスナック。しゃべれないのに、歌える。このとき、生きて還ったことを、実感したという。

あとがき

書くことが、生きること

サイバラに会ったらしい。
とても嬉しそうにカラオケをして、蟹を食ったという。
覚えていないのだ。
あんなに会いたがっていたのに、ボクの脳味噌はどうかしている。

ボクのベッドが置かれているボクの部屋は元書斎で、
半分くらい以前のものが残っている。
大きな書棚。ボクが仕事で物書きをしていた、証《あか》しでもある。
ボクが普通のボクだった時代。大きな自慢だった机は、もうない。
代わりは、ベッドだ。

自動体位交換機能付きのエアーベッド。それに助けられて、ボクは寝ている。
1時間おきにガーガーと音をさせて、エアーが入る。
そして、ボクの身体は右に傾いたり、左に傾いたりする。
家族が1~2時間おきに椅子に座らせてくれたりもする。
自分では動けないからだ。

こんなに身体が変わってしまったのが、いまでも信じられない。
つらかった。
けれど、どうだろう?
そうなってしまった身体を嘆いていても、しかたがないじゃないか!

このつたない文章が、いまのボクにできることなのだ。
どうしても書かなくてはならなかった。
ボクには唯一、書くという機能を神さまが残してくれていた。
書くことが生きていてよいと唯一、言ってくれている気がするから、ボクは書き続ける。
脳のほうはさっぱりだけど、書くことができる。
その機会を与えてくれた友人や仕事仲間に、
感謝しても感謝しても、足りないくらいだ。
本当に、ありがとう。

これからもボクはつまらなくても、忘れても、書き続けると思う。
これからもずいぶん、おもしろい人生を送ることができそうだ。
迷惑をかけてしまうかもしれないが、これからが楽しみだ。
書くことが、生きることなのだ。
書いて、書いて、書きまくるぞ。

2013年12月　神足裕司

一度、死んでみましたが

2013年12月18日 第1刷発行

著　者○神足裕司
発行者○加藤 潤
発行所○株式会社 集英社
〒101-8050 東京都千代田区一ツ橋 2-5-10
編集部○03(3230)6068
販売部○03(3230)6393
読者係○03(3230)6080
印刷所○図書印刷株式会社
製本所○図書印刷株式会社

Printed in Japan
ISBN 978-4-08-786029-0　　C0095

集英社ビジネス書公式ホームページ
http://business.shueisha.co.jp/
集英社ビジネス書公式 Twitter(@s_bizbooks)
http://twitter.com/ s_bizbooks